UG novels

外れスキル『予報』が進化して『言ったら実現』になる件☆

レンガ・レンガ・レンガ・レンガ！でスローライフしてます

天野優志
Yasushi Amano

三交社

外れスキル『予報』が進化して『言ったら実現』になる件☆

レンガ・レンガ・レンガ！でスローライフしてます

[目次]

第1話　人生は夢など見ない方がいいのです

レンガ・レンガ・レンガ・レンガ・確認！

レンガ・レンガ・レンガ・レンガ・確認！

「ふう。これで500個目、今日のノルマ達成だな」

僕は2メートルほどの高さに積まれたレンガを見て、今日もしっかりと仕事をした実感を味わっている。

「おっと、いけない。最後にちゃんと確認をしておかないと」

まだ、仕事が終わったとは言えない。今日レンガ積みした箇所を問題がないかチェックしないといけない。

「うん。誰が見ても文句のつけようがない出来だ。確認は終わり。あとは道具を片付けて帰ろう」

僕の名前はジュート。18歳。ぼさぼさの髪でひょろっとした身体をしている。仕事はレンガ積みで2年間、週6日、毎日500個のレンガを積んできた。

この街の建物の多くはレンガ積みで作られている。ひとつの建物が終わったら別の建物。レンガ積みの仕事はたくさんあるから、仕事がなくなる心配はない。

しかしレンガ積みの仕事は、誰でもできる仕事と認識されているから賃金は大して良くない。どんな真面目に頑張ったところで1日せいぜい大銅貨5枚だ。

「それじゃ、お先に」

最近、一緒にレンガ積みの仕事をするようになった彼は同じ18歳。ちょっと前まで冒険者をしていたらしい。彼の仕事は本当に雑だ。

「あーあ。レンガがちゃんと並んでいないですね。もっとピシッと積まないとダメですよ」

直接、彼に言うことはしない。つい気になってしまうが思ったことを伝えるのはやめている。前にどうしても気になって監督官に聞いてみたことがある。

「このくらい大丈夫だ。どうせ、平屋づくりの小さな家だから多少ズレても問題にはならないよ」

レンガ積みの常識は、そういうモノらしい。丁寧に積んでズレもなくびしっとしたレンガ壁は気持ちがいいと思うのだが、それは僕の勝手なこだわりみたいだ。

セメントを洗い流して大切な道具の片づけも終わったから、帰るとしますか。

「いらっしゃいませぇ」

今日は夕食を外食する日。週に2回だけの楽しみだ。そのために居酒屋『黒猫亭』に来ている。迎えてくれたのはミリーちゃん。店のお手伝いの女の子。まだ成人の15歳になる直前の14歳。

僕は酒が好きな訳ではないが、酒場の雰囲気が好きだ。ここに来ればいつも常連達がいるからお互いお酒が入って明るく話ができる。

「おいレンガ屋。今日もちゃんと５００個積んできたか？」

「はい。きっちり５００個積んできました」

この居酒屋では僕は「レンガ屋」と呼ばれている。面白くもないレンガ積みを毎日やっている珍しい男として常連達に認識されている。

「しかしまぁ。よく、そんな同じことを毎日続けていられるなぁ」

彼はバッファローと呼ばれている常連さんだ。僕より店には先に来ていることが多く、僕を見つけるといつも「レンガ屋」と話しかけてきてくれる。彼の挨拶みたいなものだ。

「ええ。レンガを積むのは嫌いじゃないです。時間はかかるけど形になっていくのは楽しいです」

「まぁ、楽しいならいいんだが。俺は無理だな。そういうチマチマした仕事は」

彼の仕事は配達係。それも重量物専門の。商店等の依頼を受けて荷物を運ぶ仕事をしている。普通の男の倍の重さの荷物を運べるというのが自慢だ。たしかにすごい筋肉で力なら常連の中では一番だろう。

「そうそう、レンガ屋。明日の天気はどうなんだ？」

《ピンポーン》「明日の天気は曇りのち雨。特に夕方は激しい雨になるでしょう」

「おいおい、マジかよ。明日は大量の荷物を運ぶ予定になっているのに」

僕はレンガ屋と呼ばれているけど、もうひとつあだ名がある。「天気予報」だ。

15歳になると誰でも授かるのがユニークスキルで、僕はユニークスキル『予報』を授けられた。

誰かが僕に質問をすると実現する可能性が高い予報を答える。それだけのスキルだ。

「あーあ。雨か。天気が悪いとこの仕事を辞めたくなるんだよな」

「おまえさんの長所は力しかないんだろ。それ以外の仕事は無理だろう、あきらめな」

「俺だってな、夢はあるんだぞ。この力強さを使って大剣を振り回す冒険者になるって夢がよ。俺が冒険者になったら活躍できると思わないか？」

《ピンポーン》「冒険者になったら、無謀な魔物狩りをして、結局、失敗して辞めるでしょう

「なんだと！」

あーあ、またやってしまった。話をしていると時々こうやって勝手に『予報』が出てしまう。それも聞いた人が嫌がる予報だから、人間関係が悪くなる。

これが僕がレンガ積みを仕事にしている理由でもある。人相手の仕事だと予報が邪魔して嫌われてしまう。だから、黙々とやるだけで評価されるレンガ相手の仕事を選んだ。毎日同じようにレンガを積む。不器用な僕にとってこの仕事は合っている。

ちゃんと予報スキルも使っている。仕事を始める前に予報を聞いて、毎日トラブルが起きないようにしている。人と接する仕事だとトラブルになる予報スキルだけど、この仕事だとちゃんと役立つんだよね。僕の天職はレンガ積みなのかもしれない。

「らっしゃい！」

マスターが奥から大きな声で新しく来たお客さんを迎える。

「なんだ、お前たち、久しぶりじゃないか」

「はい。前にきたのは3年前ですから本当に久しぶりです。街に帰ってきたので寄りました」

冒険者の剣士だろう。金属と革でできた鎧と長剣を装備している男だ。

たぶん装備からするとC級くらいだろう。

「まだF級だった頃は、毎日のように来てましたから懐かしいですね」

C級冒険者の男はマスターとそんな話をしている。僕はこの店に来るようになって、まだ2年しか経っていないから、彼に会うのは初めてだ。

古くからこの店に通っていた常連もいて、C級冒険者に「立派になったな」と声を掛けている。

「それで、この街には里帰りかい？」

「それもあるけど、近くの洞窟で依頼があってさ」

「洞窟って、もしかして、あの魔の洞窟なのかい？」

「実はね。そうなんだよ」

魔の洞窟とは、この街の近くにある洞窟で魔物が出ると言われている。危険だからなりたての冒険者は立ち入り禁止になっている。

だけど、C級冒険者なら大丈夫なのだろう。

「あの洞窟にはどんな魔物がいるのか、昔から気になっていたので明日行くのが楽しみなんだ」

「大丈夫か？　危険なんだろう？」

「なに、大丈夫。俺と一緒に冒険している仲間は、すごい実力者ぞろいさ」

「そうだ！　レンガ屋。危険はないか、占ってやれよ」

「えっ、占いですか」

あ、占いじゃなくて、予報なんですが。

「彼らは洞窟に入って無事帰ってこれるのかい？」

《ピンポーン》「ひとり、犠牲になるでしょう」

「ええーーっ」

うわっ、なんて不吉な予報なんだ。これは参ったな。

「おいおい、不吉な予報出すなよ」

「そんなこと言ったたって」

　こういう時、困ってしまうんだ。まさか、洞窟に行くのはやめましょうとも言えないし。

「もしかして。俺達が考えていない危険があるってことかな？」

《ピンポーン》「そのとおり。気が付いていない危険があってひとりが犠牲になるでしょう」

「なんと。どんな危険なんだ？　魔物か？」

《ピンポーン》「そのとおり。危険な魔物がいるでしょう」

「魔物か。もしかして、猛毒コウモリがいるっていうのは本当か？」

《ピンポーン》「そのとおり。危険な猛毒コウモリがいるでしょう」

「やっぱり！　あの噂は本当だったのか」

　猛毒コウモリというのは魔物化した吸血コウモリで、血を吸われると猛毒が身体に廻り1時間以内に解毒しないと死に至ると言われている魔物だ。

「この街の一番大きい道具屋で毒消しポーションは手に入るのか？」

《ピンポーン》「手に入るでしょう」

「よし。明日、買ってから洞窟に入るとしよう。それだと大丈夫か？」

《ピンポーン》「苦戦はするけど大丈夫でしょう」

「そうなのか。占い屋さんありがとう。本当に猛毒コウモリがいるかは別にして、安全のために解毒ポーションは買ってから行くことにするよ」

　さすがC級冒険者。当たるかどうか分からない予報にもちゃんと対策をするんだ。冒険者をして生き残っている人は違うな。

「彼にエールを一杯。お礼だ」

「ありがとう。いただきます」

たぶん年齢は僕と同じ18歳くらいだろう。しかし、冒険者をしていろんな困難を乗り越えてきたのだろう。しっかりとした受け答えができるから、僕よりずいぶんと大人に見える。

この居酒屋に集まる連中は僕と同じ肉体労働者がほとんどだ。

時々、まだ収入が少ないE級以下の冒険者が安い定食を食べに来たりする。

C級冒険者くらいになるとひとり金貨1枚くらいの依頼をこなしている。1日大銅貨5枚のレンガ積みの僕と比べると1日で月収を稼ぐくらいの収入差がある。

「いつかは冒険者になって金を稼ぎまくるぞ」

そんなことを思っている常連連中も多い。だから、元ここの常連でC級冒険者になった彼は地元のヒーローなのだ。

みんなに冒険談を聞かれて楽しそうに話す彼を見ていて、「僕はできそうもないな」と思ってしまった。

毎日レンガを積むのが僕には向いている。過大な夢を持つよりしっかりと生きていけるレンガ積みが僕には天職だと思う。

そんなことがあった翌日。

いつものようにレンガ積みの現場に行くと監督官がいきなりこんなことを言い出した。

「今日はひとり病気で来れない奴がいる。お前らいつもより20パーセント多くレンガを積むように！」

ええーっ。500個ではなく600個？　そんなの無理だ。

第2話　監督官はケチな奴が多いのか

「今日はひとり病気で来れない奴がいる。お前らいつもより20パーセント多くレンガを積むように！」

ええっー。500個ではなく600個？　そんなの無理だ。何と言っても2年間ずっと1日500個積んできた。それをいきなり100個も増やすなんて。

「お前らの仲間が病気で苦しんでいるんだ。代わりに頑張るのが仲間ってもんだろ」

「でも、いままでの監督官は自分の分だけやればいいと言ってました」

「俺は他の奴のやり方なんて知らんぞ。とにかく全員でちゃんとやるんだ。これは命令だ」

それだけ言うと監督官は次の現場に行ってしまった。どうもこの監督官は、予定通りやるのが好きなタイプらしい。

僕も自分の分は予定通りやるのは好きだから分からないでもないかな。

しかし、命令で作業量を増やすのはまずいだろうな。

「さて困った。1日で600個か」

作業時間を延ばすのは無理だ。日没になって見えなくなってしまうから。同じ時間で600個積むには、スピードを1．2倍にする必要があるな。

待てよ、それだと早くやろうとして雑になってしまうかもしれない。それを防ぐには、作業中チェックをいつもよりしっかりとやらないと駄目だな。

さらに、やり直しが起きる可能性があるら、スピードは1．5倍にしないと間に合わなくなるぞ。

「今の僕でスピード1．5倍でレンガ積みできるのかな？」

《ピンポーン》「無理なくできるでしょう」

本当か！　やったことはないけどできるのか。まずは試しでやってみる。いつもより動きを早くしてちゃちゃちゃっと。

レンガ・レンガ・レンガ・レンガ・レンガ・確認！

連続で5つ積んでみた。確認してみると、なんと綺麗に積めているじゃないか。

「やってみるとできるもんだな」

レンガ・レンガ・レンガ・レンガ・レンガ・確認！

レンガ・レンガ・レンガ・レンガ・レンガ・確認！

レンガ・レンガ・レンガ・レンガ・レンガ・確認！

レンガ・レンガ・レンガ・レンガ・レンガ・確認！

レンガ・レンガ・レンガ・レンガ・レンガ・確認！

レンガ・レンガ・レンガ・レンガ・レンガ・確認！

5個積んだら確認。この形で30個を積んでみた。ここまでの時間が25分。これなら日没より早く600個積み終わるかも。

レンガ・レンガ・レンガ・レンガ・レンガ・確認！

レンガ・レンガ・レンガ・レンガ・レンガ・確認！

いつもよりスピードが速いから集中してレンガ積みと確認をしていく。うん、いい感じだ。

この日は、とにかく集中してレンガを積みまくった。

レンガ・レンガ・レンガ・レンガ・レンガ・確認！

レンガ・レンガ・レンガ・レンガ・レンガ・確認！

「よし、これで600個積み終わりだ！」

《土木スキルDランクになりました》

なんと！　いつもより早く積んだらスキルアップしたぞ。びっくり。

日没になるまでまだ1時間もある。最終確認をしてもクオリティは落ちていないのが確認できた。

「さて、他の人はどうでしょう」

どうみても日没まで終わりそうにない人。雑な積み方になっている人。まだ終わった人はいない。

「おい、ジュート。もう終わったのか？　ずいぶんと早いな」

「おおっ、すごいな。さすがはベテランだ」

この仕事を2年間ずっと続けているのは僕しかいない。大抵は半年もすると辞めていく。レンガ積みは、仕事がない人が一時的にやる仕事だと思われているからね。

「終わったなら、手伝ってくれないか」

「ごめん。他の人のは手伝わないと決めているんです」

前に一度、手伝ったとき、不良個所が出てどっちが積んだか分からず問題になったことがある。自分が積んだ分は仕上がりを見れば分かるのだが、それが認めてもらえず責任があいまいになってしまった。

だから、自分の分は自分で。それが僕のポリシーになった。

「あ、そこ。はみ出していますよ」

「分かっているよ。ちゃんと直すから」

いけない。いけない。時間が余るとつい余計なこと言ってしまうな。それが嫌で500個を時間ジャストで積めるようになったんだった。

「どうだ？　順調か？」

残り1時間になった頃、監督官が見回りに来た。いつもより多いノルマだから気になったのだろう。

「お、お前はすでに積み終わったのか。速いな」

「はい。600個を積みました」

「ほら、ちゃんとできるだろう？　他の奴らもサボらずやれよ」

サボっていないって。いつもより多いから大変なだけだ。

だけど、それだけ言うと監督官はまた出て行ってしまった。

ちょっと気になったので予報に聞いてみた。

「もし僕が2倍のスピードでレンガ積みしたら、うまくできるのかな？」

《ピンポーン》「無理なくできるでしょう」

本当かよ。じゃあ、もっと早くしたら？

「もし5倍のスピードでレンガ積みしたら、うまくできますか？」

《ピンポーン》「品質が低下して体力の限界になるけど、なんとかできるでしょう」

そんなにできるものなのか。だけど品質が落ちるならやらないけど。

品質を保てる限界を知るために予報を何度か繰り返したら、3倍まではできると分かった。2年間レンガを積み続けていたら、ずいぶんとスピードが上げられるようになっていたらしい。

「そろそろ時間だぞ。終わっていない奴はいないだろうな」

いつも手が遅いと言われている男がまだ終わっていない。だけど、暗くなる前には終わるだろう。

僕も含めて5人はレンガ600個積みを成功させていた。

「それでは今日の日当を渡すぞ」

今日はいつもより日当がいいから、居酒屋に行こうかな。

「ごくろうだった。日当の大銅貨5枚だ」

「えっ、6枚じゃないんですか?」

「日当は5枚と決まっている。知っているだろう」

あ、この監督官。一人分ガメる気だな。

「おかしいだろう。600個積んだんだから6枚だろう」

「日当は5枚と決まっている。ちゃんと言ってあるはずだ」

他の男たちも抗議したけど無理ぽい。この監督官、私腹を肥やすことしか考えてないんだろう。

「また、明日頑張ってくれ」

この監督官、ダメだな。明日、本当に全員揃うと思っているのだろうか。僕の予想では半分は来なくなる。

ちゃんと作業員とコミュニケーションできない監督官はダメだ。こいつは新人なのだろう、きっと。

「明日、何人の作業員が来ますか？」

《ピンポーン》「全部で2人来るでしょう」

僕ともうひとり。それで6人分の仕事はできないな。どうするつもりだろう。まぁ、僕には関係ないことだから悩むのはやめよう。

頑張ったのに賃金は一緒になってしまった。

なんかむしゃくしゃするから、また居酒屋に行くとするか。

☆　☆　☆

『黒猫亭』にまた今日もやってきた。

「おい。レンガ屋。おまえ、すごいんだってな」

「えっ、なんのことですか？」

居酒屋に入るとすぐにバッファローに声をかけられた。

「あ、昨日の冒険者の方ですね」

C級冒険者の剣士も話しかけてくる。

「実は出たんだ。占い通りに猛毒コウモリが」

「当たりましたか」

占いじゃなくて予報なんだけど。当たったのか、よかった。

「占いを信じて、毒消しを買っていったんだよ。猛毒コウモリが出てきて用心したんだがうちの魔法使いがやられてしまってな」

ローブを着た女魔法使いがお辞儀をする。きっと彼女だね、やられたのは。

「闘いが終わってすぐに毒消しを使ったわ。おかげで大ごとにならずにすんだの。あなたは私の命の恩人。ありがとう」

「いえいえ。それはちょっと大げさでしょう」

「大げさじゃないわ。毒消しがなかったら私、街までもたなかったみたいなのよ」

C級冒険者パーティの5人は揃って僕に向かってお辞儀してくれた。

なんか、うれしいな。予報スキルを使ってこんなに喜んでもらったのは初めてだ。

「見直したぞ、レンガ屋」

「レンガ屋さん、すごいのー」

バッファローとミリーちゃんが褒めてくれる。

「いえ。大した事ないですよ」

僕がしたことは単に質問に予報で答えただけ。その予報をしっかりと活用して対策をした冒険者の皆さんがすごいんだ。

ちゃんとC級までなれる人達というのはそういうとこが違うんだなぁ、と思う。

「大したこと、あるわ。私がここにいるのも、あなたの占いのおかげなんだから」

「あ、占いじゃなくて予報なんですよ」

「予報？　天気予報みたいなものかしら？」

占いって言葉はすぐに理解してもらえるけど、予報は分かりづらいものらしい。

だから、時々、僕のスキルを説明するときに占いって言葉を使ったりする。

「そうなんです。僕のユニークスキルです。予報っていうスキルで天気予報みたいなものです」

「じゃあ、明日の天気はどうなるかしら？」

《ピンポーン》「明日の天気は晴れ時々曇りでしょう」

「あ。本当なのね。天気予報もできるのね」

「でも、こいつの天気予報は当たらないことも多くてな。だいたい的中率70パーセントくらいじゃないかな」

「そうそう。予報では明日雨だっていうから仕事が休みだと喜んで大酒飲んだら晴れてひどい目にあってな」

そう、予報スキルの問題は的中率100パーセントじゃないことだ。当たらないことも多くて文句を言われてしまう。天気予報も当たらずに文句を良く言われてる。

「的中率70パーセントなら、うまく使うとすごく役立つスキルになるわね。予報スキルって」

「えっ、そうですか？　役立たずのスキルと言われているんですが」

「そんなことないわ！　現に私がここに元気でいられるのは予報スキルのおかげなんだから」

ここまで予報スキルを認めてもらえるのは初体験。ちょっとこそばゆいな。

「そうそう。忘れるところだったわ。これを受け取って欲しいの」

女魔法使いが小さな袋を手渡してくれる。

「これは？」

「今回の予報のお礼なのよ」

「見ていいですか？」

「もちろんよ」

袋を開けると金貨が1枚出てきた。

「えっ？　これはどういうことでしょう？」

「命を助けてくれたお礼。もっと欲しいと言われてしまうかもしれないけど」

「ええーっ。逆ですよ。こんな大金。多すぎですよ」

金貨1枚。銀貨だと10枚分。大銅貨だと１００枚分。毎日５００個のレンガを積んでもらえるのが大銅貨5枚。だから金貨1枚は20日分のレンガ積みの賃金にあたる。

6帖程度の部屋にベッドが３つ入った僕の寝床の料金が1日大銅貨1枚。１日の食費は、黒パンを5個買って、朝夕に露店でスープを1杯づつ買って。そんな1日の食費で大銅貨2枚かかる。

居酒屋『黒猫亭』でエール2杯とツマミで大銅貨3枚。週2回で大銅貨6枚。

週に6日レンガ積みをして大銅貨30枚をもらう。だけど残るのが大銅貨3枚。

毎週大銅貨3枚をこつこつ貯めてもう2年。すべて貯めることができていれば大銅貨１５０枚になるけど、いろんな出費もあるから貯金の残金が大銅貨70枚。

「金貨なんてもらえません！　簡単に手に入るものじゃないでしょ、金貨は」

だいたい金貨を見たのだって数えるほど。手に触れたのは初めてだ。

「今回は依頼はね。報酬が金貨10枚になったの。５人パーティ全体で。だからひとり金貨2枚が配分。私の分の半分を私の命を助けてくれたあなたに、と思って持ってきたの」

「そんな。皆さんがすごい依頼を達成して高額の報奨金をもらったのは分かります。だけど、僕はただ予報をしただけです」

「その予報には金貨1枚の価値があったわ。私にとってはね。気持ちよく受け取って欲しいわ」

そんなやり取りを聞いていた周りの連中が騒ぎだす。

「もらってやれよレンガ屋。感謝の気持ちなんだからさ」

「それだけの価値があるって認めてくれたんだから、素直にもらうのが筋だろ」

「なんなら俺がもらってやろうか?」

最後の余計な一言を言った若い男はバッファローにどつかれてしまった。

「リーダーの私からもお願いしよう。彼女の気持ちだ。受け取って欲しい」

誰もが金貨を受け取るように勧めてくる。いいのだろうか、僕が受け取ってしまっても。そんな気持ちになったとき、冒険者のリーダーが言う。

「ただし、一つだけお願いがあるんだが」

あ、やっぱり……高額なお金には必ず何かある……そういうモノだろうなぁ。

第3話　予報スキルは僕の人生をどこに連れていくのか?

今は黒猫亭から帰ってきて、ベッドの上にいる。一部屋に3つもベッドがあるから、部屋では寝ることとくらいしかできない。だけど、今日は寝付けないでいた。

「毎週銀貨1枚か」

C級冒険者パーティのリーダーに黒猫亭で言われたこと。

「私達のパーティのために毎週予報をしてもらえないだろうか」

予報の価値を認めてくれているC級冒険者パーティの方々。だから、次の週から冒険者ギルドで依頼を受けるにあたって予報を活用したいとのこと。

「銀貨1枚でお願いできないだろうか」

銀貨1枚は大銅貨10枚。レンガ積み2日分。

それが黒猫亭でエールを飲みながら冒険者の質問に予報で答えるだけでもらえてしまう。

先週までレンガ積みで週給銀貨3枚だった。これに黒猫亭での予報のバイトを入れると銀貨4枚に跳ねあがる。生活費を変えなければ、毎週銀貨1枚と大銅貨3枚も貯められるようになる。一気に生活が楽になるな。

「もちろん私達にとって銀貨1枚というのは、それほどきつい金額ではない。これから予報の使い方をいろいろと試してもっと価値が出ることが分かれば料金を上げることもできるが、最初は銀貨1枚でどうだろうか」

正直言って、冒険者のお金の価値観はレンガ屋とは違うんだなと思った。

1回の依頼で金貨10枚。ひとりあたり金貨2枚だ。もっと多い時だってあるだろう。

1日金貨2枚を稼ぐ彼らと、週に銀貨3枚しか稼げない僕。元々、生きている世界が違う。

しかし、彼らは命をかけてそれをやっている。

同じ冒険者でも、始めたばかりのG級や、その上のF級くらいだと1日銀貨1枚稼ぐのも大変だという。

そのうえ、装備をメンテナンスするのも消耗品を買うのも自分だ。必要な物はだいたい支給されるレンガ屋とは違う。

依頼を成功させても大した収入にもならず、失敗したりするとお金をもらうどころかペナルティーを払わないといけない。冒険者はそう簡単に稼げる職業ではない。

彼らも2年前、黒猫亭に出入りしていた頃は、そんなF級冒険者だった。ひとつひとつ依頼をこなしていって、ランクが上がりC級になって戻ってきた。

その間には、危ない状況が何度もあったと武勇伝を話してくれた。

僕はといえば、その2年間、ただレンガだけを積んで生きてきた。僕の生き方が間違っていたとは言わない。だけど、どうしても彼らが過ごしてきた2年間と比べてしまう。

「あーあ。僕はこれからもレンガを積み続ける人生なのかな」

《ピンポーン》「あなたはこれから予報屋となるでしょう」

ええーっ、予報屋だって？　つまり、冒険者に予報をする仕事になるのか。

だけど、彼らがずっとこの街にいる訳じゃないしな。

「僕はずっと予報屋としてやっていくことができるのかな？」

《ピンポーン》「新しいユニークスキル『言ったら実現』を得て優秀な予報屋になるでしょう」

なんだよ？　『言ったら実現』って？

ずっとレンガを積むことしかしてこなかった。それなのに、いきなり物事がいろいろと起きてきて、頭が混乱してきた。

「言ったら実現」

意味が分からない……聞かなかったことにしよう。

予報屋としての仕事を受けるかどうか。回答は土曜日まで待ってもらった。

「だけど、予報の通りだと受けることになるんだろうなぁ」

予報屋か。たしかに予報屋だったら夜だけでもできる。

予報屋をするのを黒猫亭だけと決めてしまって、昼はいままで通りレンガ積みをする。もし、予報屋の収入が黒猫亭の支払いより多くなれば、毎日黒猫亭に通える。

週6日通って、大銅貨18枚か。

C級冒険者達がいるうちは、毎週銀貨1枚もらえるから、あと大銅貨8枚か。あ、元々週2日通っているんだから、大銅貨6枚は元々使っているのか。

するとあと大銅貨2枚か。貯金は週に大銅貨3枚で大銅貨1枚に減ってしまうな。

あ、そうか。晩御飯の分がいらなくなるから、毎週4日分の夕飯代大銅貨2枚。

「すると、冒険者の予報屋をすると毎日黒猫亭に通えることになるのか」

そう考えたら、冒険者の予報屋がすごく魅力的に思えてきた。

もし、そのうち冒険者が別の街に行って予報屋の仕事が無くなるとしても、普通のレンガ屋に戻るだけだ。

確かに毎日黒猫亭に通う生活に慣れてしまうと、元に戻るのは辛いかもしれない。

だけど、そうなったとしても我慢すればいいだけのこと。いいじゃないか。

それよりも明日のレンガ積みの話を考えなきゃ。明日はふたりしか来ないみたいだから、どうなるのかな。

予報を聞くこともできるけど、僕には責任がないから聞かなくていいか。監督官が困るだけだろう。ケチなあいつが困るのはいい気味だしな。

第4話　隣街で新しい動きが起きようとしていた

ジュートが予報屋を始めるか悩んでいる時、隣の国境の街では、別の男が悩んでいた。

☆　☆　☆

「なぜ、俺はこんな田舎にいなければいけないのか？」

俺は最近それればかり考えている。

王都にある大手商会、ロマーニアは創業180年を誇る老舗商会だ。

そこの会長の長男である俺、アンドレアは本来なら後継者になるはずの男だ。

それなのに。俺は、こんな国境の街で小さな支部の責任者にされてしまった。

「要は島流しだな」

原因ははっきりしている。王都であちこちの女に手を出してしまったから。大商人の娘や貴族の婦人。もちろん庶民の娘もいる。要はタイプの女なら見境なしに手を出したからだ。

多方面から親父のところへクレームが入ったようだ。

すこし田舎でほとぼりを冷ませ、ということなのだろう。

国境の街は、王都を拠点とする大手商会ロマーニアから見たらゴミのような取引しかない。

国境の向こう側にある帝国との商品取引はほとんどない。

時たま、両方の国の商業ライセンスを持つ商人が行き来をして交易をするが、ほとんどが行商人のようなもの。

大した量もなければ、価値の高い商品もない。

大きな商いを成立させて、王都に復帰したいと思うが、そもそも商品流通がないこの街では不可能だ。

俺はやることもなく、大した贅沢もできず、いい女もいない田舎町で悶々としていた。

しかし、そんな俺に大チャンスが訪れたのだ。

そのチャンスをもたらしたのは帝国からやってきた不思議な男だった。

奴が持ってきた商品は、この王国でも人気が出る可能性がある物だった。

「この商品はどのくらい手に入るものなのか？」

「必要とあらばいくらでも」

「本当か！」

俺にもやっとチャンスが訪れたようだ。これを逃す手はない。

俺は、すぐに商品を大量に買い込むことにした。

そして、その商品を拡販するために手近な隣街で試してみることにした。

俺が今まで培ってきた商売の極意を使って。

金ならなんとかなる。辺境にいるとはいえ、王都にある大手商会のブランドには大きな価値がある。いくらでも資金を提供する奴らはいるのだ。

「まずは、そこそこ住民が多い隣街を俺の経済支配が行き届くようにしなければいけないな」

それだけで終わるのではない。隣街を足掛かりにして、最後は王都まで攻略する。

「待っていろよな。王都よ。すぐに戻るからな」

☆　☆　☆

そのとき、彼は気づいていないことがあった。彼の後ろに集まってくるどす黒いエネルギーの塊を。そしてその暗黒エネルギーが彼の中に入り込もうとしていることを。

第5話　隠れファンの存在はありがたいことだ

「あ、レンガ屋さん」

翌朝。考えすぎて良く寝られなかった僕は朝早くから散歩していた。そんな姿を見かけた黒猫亭のお手伝いの女の子、ミリーちゃんが声を掛けてきた。

「おはよう、ミリーちゃん」

「ちょうどよかったぁ。頼みたいことがあるのー」

「なんでしょう？」

ミリーちゃんは普段は黒猫亭の開店準備で午後2時くらいに出てくる。今日は朝から出ていて、なにやら下ごしらえしているようだ。

「今日は村のおばさん達と山菜採りに行くのー」

あ、用事があるから朝から準備しているんだ。偉いな、ミリーちゃん。

「また、予報してくれないかなぁ」

そうだった。予報屋としての最初の顧客はミリーちゃん。何かするときに、いつも予報を聞いてくれるのだ。

本当は昨日の夜も予報を聞きたかったのかも。別の話で盛り上がっていたから聞きそびれてしまったんだね。

「山菜採りの予報ですね」

「うん。いいかなっ」

「もちろんです」

ミリーちゃんは予報を使ってくれている隠れファンだ。それだけじゃなくて、いろんな話し相手になってくれるごく少ない友達のひとり。

「今日、どこに山菜採りに行くか、私が決めていいことになっているのー。どこが一番山菜が採れるか予報して欲しいのー」

「オッケーです。じゃあ、どこに採りに行くか、いくつか候補考えています？」

「うん。順番に聞けばいいのよねっ」

予報というのは、「どこだと一番山菜が採れますか」みたいな質問では答えてもらえない。「どこどこに行くと山菜が取れますか」の形で聞くとピンポーンとなる。

「じゃあ、まずはオケラ山の林に行くと春の山菜がいっぱい採れるかな？」

《ピンポーン》「すでにオケラ山の林は山菜を採りつくされてしまっているでしょう」

「あぁ、やっぱりねー。あそこは村から近くて人気の山菜スポットなのー」

「そこだとダメですね。他にあります？」

別に予報で駄目だと言われても気にすることはない。別の可能性がありそうな場所を聞けばいいだけのこと。

「オケラ山の中腹では山菜がたくさん採れますかっ？」

《ピンポーン》「まだオケラ山の中腹は山菜が育っていないでしょう」

「あそこって日当たりがあんまりよくないとこだからねぇ」

「うん。まだ早いってことですね」

2か所目も駄目か。残念だな。

「じゃあ、とっておきの場所聞いてみようかなっ」

おっ、次の場所はミリーちゃん、自信ありそうだな。

「三段の滝の近くでは山菜がたくさんとれるかなっ？」

《ピンポーン》「今、三段の滝の近くには山菜がたくさんあるでしょう」

「やっぱりなのー」

さすがだな。ちゃんと予報でオッケーが出る場所を見つけてあったんだ。

「去年はねぇ。あそこ、山菜の季節に行ったことはなかったの。でも、夏に泳ぎに行って、そこの感じて山菜が採れるかもって思ってたのー」

「うん。そこが当たりですね。たくさん山菜採ってきて、黒猫亭でも出してくれますか」

「うんっ、たくさん採れたらレンガ屋さんにもサービスで出すのー」

「それは、楽しみです」

ちゃんと予報のことを分かってくれてうまく使ってくれているのがミリーちゃんだ。もちろん、冒険者とは違って収入が多いわけじゃないから、報酬をもらうことはできないけどね。

ミリーちゃんが予報を使ってくれるおかげで、どんなことを聞いたら予報がうまく出るのか分かって来たんだ。

なぜかミリーちゃん相手の予報は当たることが多い。天気予報だと70パーセントくらいだけど、ミリーちゃんの質問は90パーセントを超えている。なぜ予報的中率に違いがあるのかは不明だ。

ミリーちゃんに予報して楽しい気持ちで仕事場に到着。

そうだった。今日のレンガの仕事場は波乱の予報が出ていたんだった。

本来6人の作業員が必要な現場なのに、昨日は5人しか来なかった。昨日来なかった1人は病気だったみたいけど、今日はそれ以外にも来ない人がいそう。

いつもより2割も多い600個のレンガを積んだのにいつもと同じ大銅貨5枚の賃金しかもらえなかったから。みんなボイコットして今日来ているのがたった2人って予報だ。

もう作業開始の10分前。いつもなら、みんな準備をしている時間なのに今日はまだ僕ともう1人だけ。

昨日、最後までレンガ積みしていたちょっと手が遅い男。たぶん40代くらいのおっさん作業員。あと4人は来るとは思えない。

あ、監督官がやってきた。どうなるんだろう……なんか、わくわくしてきたぞ。

「なんだお前ら。なぜ2人しか来ていないんだ？」

「知りません」

「ひとりは昨日に続いて病気だと連絡があったが、他の3人はどうしたんだ？」

「知りません」

「2人でレンガ3000個積むことができるというのか、お前たちは」

「できません」

「それなら、どうしたらいいと思う？」

「知りません」

だから、そんなの僕たちの責任でも仕事でもないし。昨日までだったら、どうしたらいいのかって悩んでいた気がする。なぜか、今日は全然気にならない。

もう1人のおっさん作業員を見ると、なんかあたふたしている。監督官が困っているのを感じて、なんとかしないとと考えているのかも。

「しかしまぁ。こうやってただ突っ立っていても、仕方ないな。ふたりで出来るだけ多くレンガを積むんだ。どのくらいできるか？」

おっさん作業員、僕の顔をみている。僕ははっきりと答えた。

「500個です」

「なんだと？　たった500個だ？　ふざけるな！」

「僕はいつも1日500個レンガを積み大銅貨5枚の賃金だと言われています」

「それは、通常のときだろう？　今は非常事態なのが分からないのか？」

あー、怒っている、怒っている。そもそも、昨日が間違いだったんだよな。

本来500個積めばいいだけなのに、600個積むにはどうしたらいいかって考えてしまった。

確かに土木スキルがDランクになるという良いこともあったけど、仕事としては納得できない結果になってしまった。僕の仕事は1日500個のレンガをしっかりと積むこと。だから、今日ははみ出すことはしないで、いつもの通り仕事をすることにした。

「それで、何個、積めるのだ？」

「500個です」

「ふざけるな！　昨日だって６００個積めただろう。もっとできるだろう」

監督官がじーっとこっちの顔をにらんでいる。おっさん作業員はあたふたしているだけ。

「わかったよ。お前が何を言いたいのか。金だろ。多く積むなら金が欲しい、そういうんだろう？

わかったよ。大銅貨７枚だそう。それで何個、積めるんだ？」

「５００個です。賃金は大銅貨５枚です」

「おまえはバカか。５００個、５００個って。お前はオウムか何かか？」

「５００個です」

「もういい！　お前はいらない。帰れ！」

あーあ。監督官、キレちゃったよ。本当に自分都合でしか考えられない人だな。

結局、この日の仕事は無くなってしまった。

「そういう訳でして。これから入れる現場ってありませんか？」

現場から帰った後は、土木ギルドに来て、別の仕事がないか聞いている。

対応してくれたのは、20歳くらいのひょろっとした男で、みんなが「受付さん」と呼んでいる人だ。

「それはひどい目にあったな。あの監督官はダメだな。前から労働者からクレームが多くてな」

「でしょうね、あれでは」

「あいつは元々、奴隷の監督をしていたんだよ。奴隷だと命令すればなんでもやるからな。普通の労働者なら納得できないことを言われたら、次の日来ないのは当たり前さ」

「ですよね。ただ、１日仕事がないのもつらいので、別の現場紹介してくれませんか？」

「もちろんさ。お前なら安心して任せることができるからな」

毎日500個レンガを積み続けて2年間。多少体調が悪くてもなんとか仕事はし続けてきて、一度として休んだことはない。

もちろん、雨の日は仕事ができない。そんなときは日曜日に代わりにやっていた。

そんなことを確実にやっていると信用されて、ちょっと難しそうな現場を頼まれることもある。

今日は僕が頼んでいるので、どんな現場でも歓迎だ。

「なにやらアトリエ付きの個人宅らしくて。設計がややこしいって予定より遅れてしまっているんだ。行ってくれるか」

「もちろん、喜んで！」

「あっそうそう。これを渡さなきゃな」

受付さんは小瓶をひとつ取り出した。

「なんですか？　これは？」

「土木ギルドから配給されて、みんなに配っているサンプルポーションだ」

「サンプルポーション？」

「スタミナポーション・ネオと言うらしい」

「どんな効果があるんでしょうか？」

「疲れを感じなくなって、作業効率が上がるらしい」

「それはすごいですね。でも、もらっちゃっていいんですか？」

「サンプルだからな。そのうち大々的に売り出すらしいぞ」

「じゃあ、いただいていきますね」

僕は素直に小瓶をもらって、土木ギルドを出た。

しばらく、歩いたところで立ち止まって、小瓶をよく見てみた。

うーん、ただでもらったのはいいけど、ちょっと怪しいポーションだな。

やはり、こういうときは、安心のために予報を使っておいた方がいいだろう。

予報に聞いてみた。

《ピンポーン》「スタミナポーション・ネオには副作用があるでしょう」

やっぱり、どうもよくないことが起きそうだな。うん、これは使わずにしまっておくことにしよう。

第6話　販路拡大をするには弱みを握るのが早いよな

☆　☆　☆

国境の街のロマーニア商会支部長のアンドレアは隣街で活動させている部下に会っていた。

「おい、どうだ？　スタミナポーション・ネオの状況は？」

「それはもう。良い感じで普及しております。やはり、労働者が多いところでサンプルを配ったのが良かったようです」

「そうだろうな。俺プランは完璧だからな」

それなのに、なぜ俺がこんな田舎でくすぶっているのか。理不尽だ。

「ただひとつ気になることが。労働者相手でいすから、いかんせん、動く金が少なくて利益があまりあがらないんです」

「むむむ。やはりそうか。だから協力させる権力者を探させているんだろ。協力者は見つかりそうなのか？」

「それが、面白いところが喰いついてきました。いくつかのギルドの上層部がスタミナポーション・ネオの効果に注目していまして。なんといっても、疲れないポーションですから。ギルドの上層部にしたらメンバーをこき使う絶好のアイテムです。いくつか問い合わせが来ています」

「ほう、それはいい話だ。よし、一気にいけ。今までのようにサンプルを配って待つのではなく、大量に買ってくれるなら、極端な値引きをするという商談を持ちかけろ。最初はそれほど儲からなくてもいい。いくらでも後から、利益に変えられる素晴らしい商品だからな」

「もちろん、わかっています。それでは、今まで流している量の10倍を提示してみましょう。きっと乗ってきますよ」

「その線でいけ。ちんたらやっている暇はないんだからな」

「了解しました」

スタミナポーション・ネオがあれば、俺の王都復活のきっかけが得られるはずだ。今の俺にとっては、神様から送られた最高のプレゼントだ。

それだけでなく、きっと大金も得られるぞ。それも一時ではなく、長い間ずっと。

金の卵を産む鶏を手に入れて、王都に復帰すれば、またやりたい放題ができるな。今度は、もっとうまくやってみせるぜ。

第7話　錬金術士ってなんか、めんどくさいと感じたよ

なんだかんだで、監督官のせいで2時間くらいロスしてしまった。新しい現場に着いたのは昼休みの2時間前だった。

「こんにちは。土木ギルドからここに来るように言われまして」

「おおっ。レンガ積みをしてくれる人だね」

今度の監督官さんはいい感じの人みたい。よかった。

「さっそくだけど、ここをこんな具合に積んで欲しいんだよ」

地面に線を引いている。真っすぐではなくカーブを描いてS字になっている。

へぇ、変わった積み方をするんだな。

「ここはな。アトリエになる予定なので綺麗なカーブにしてほしい」

「わかりました」

「今日だけでどのくらい積めそうかな」

「500個です」

「そんなに積めるんだ。今からなのに、大丈夫かい」

うん。昨日も500個だけならもっと速く積めただろう。あのスピードなら今からでも日没までに500個積めるだろう。

あの監督官に多く積めと言われると嫌だけど、この人なら感じがいいからちゃんと500個積むことにしよう。

「早くアトリエを作って、錬金したいんだ。頼んだよ」

錬金？　じゃあ、このすらっと背が高い人は、錬金術士か。監督官ではなくて、このアトリエ付きの家の施主さんかな。

「任せてください。すごくきれいなカーブで積みますよ」

ところがこの日のレンガ積みは、何事もなく……とはいかなかった。

「なぁ。このレンガ、どう思う？」

レンガ積みの準備でセメントと砂と水を混ぜていたら、錬金術士が話しかけてくる。

「いいレンガですよね。赤土焼きの赤レンガ。高いんですよね、これ」

今回積むレンガは赤土から作った焼きレンガ。このあたりでは赤レンガは一般的ではない。普通は灰レンガと呼ばれる土を干して固めた灰色のレンガだ。作るのが簡単で材料の土を確保するのも簡単。だから、一番安くて普及している。

赤レンガは灰レンガの3倍くらいする高級品だ。

「そうだろう。あちこち探して最高のレンガを手に入れたんだよ」

アトリエ付きとは言え、一般住宅にこんな高級品を使うんだな、と思っていたら錬金術士が口を開く。

「錬金術は瞑想して高次元と繋がることが重要なんだ。だから、錬金術アトリエは瞑想を支援するような気持ちがいい場所でないとダメなのさ」

魔法使いが瞑想するって話は聞いたことがあった。だけど錬金術士も同じなのか。

「だから、レンガ積みの職人さんも最高の人を寄越してくれと頼んでたんだ。そしたら、いつになっても来なくてさ。土木ギルドに文句言いに行こうと思っていたところなんだ」

そんな事情があったのか。僕は仕事が空いたから来ただけなのに。僕で本当に良かったのかな。

「それで、このレンガのラインなんだけど」

「すみません。ちょっと待ってくださいな。まだ、これの準備中なんですよ」

「あ、悪い悪い、セメントだよね、それ」

「バルモルです」

「バルモル？　セメントじゃないのかい？」

変なとこ詳しいなこの人。やたらと細かいことを知りたがるタイプなのか。

「バルモルはセメントと砂を混ぜて水を入れたものです」

「あ、セメントは砂が入っていないものを言うのか。知らなかったな」

いかんな。余計なことをしゃべっていたら、時間が足りなくなりそう。もっとも今は、バルモルを混ぜている段階だから、ちょっとくらい付き合ってもいいか。

「この後、レンガを積むところを少し掘って砂利を入れます。その上にレンガを積んでいきます」

「この砂利はそう使う物だったのか。随分少ないなと思ったら、土台にだけ使うってことだね」

「そうです」

よし。バルモルは綺麗に混ざったな。次は土台を作るために少し掘る作業だ。

用意されているスコップで30センチ幅で5センチほど掘っていく。それほど固い土でもないから、さくさく進む。

「そうそう。そのラインだ。きれいなS字ラインでお願いするよ」

「分かっています」

今日は500個で1メートル積みだから縦に10段積んで横に50個か。S字に組んでここが角になって、ここからはストレートだな。

「こっちは真っすぐでいいですよね」

「ああ、そっちは普通にやって欲しい」

うん、ここをこう掘って。ザクザクザク、と。集中して掘っていたら、あっという間に終わったぞ。

「今日はこの掘ったとこに砂利を入れてレンガを積んでいきます」

「高さは1メートルだよ。分かっている？」

もちろん分かっているって。いちいち確認したい人なのかな。

「砂利を敷き詰めて圧縮したら、準備完了です」

「それでは、レンガを積み始めるのかい」

「そうです。1段目は一緒にやりましょうか。ラインのチェックをお願いします」

「がってんだ」

あ、なんかすごく喜んでいるな。

この錬金術士さん。もしかしたら職人好きなんじゃないのかな。一緒にやるって言ったら、やたらと嬉しそう。もちろん、レンガは積ませないよ。プロの領域だから、素人の手は入れたくない。

「私でもレンガを積むことってできるのかな？」

《ピンポーン》「あなたが積むとクオリティーが落ちてあなたが納得できないでしょう」

「むむむ、そうか。残念だが、やめておこう」

あ、勝手に予報が出た。まぁ、錬金術士さんの気分を損ねていないな。大丈夫だったみたいだ。よかった。

「それではまず砂利の上にバルモルを平にして載せていきますよ。一気に行きます。邪魔しないでくださいね」

この段階で集中モードに入ろう。こてを構えて、20メートル分のバルモルを板の上に載せて。いくぞ。

「すごい。なんて綺麗なバルモルの表面なんだ。凸凹が全然ないじゃないか」

そんなの当たり前じゃないか。毎日レンガを積み続けた2年間の経験を甘く見ないで欲しいな。

レンガ・レンガ・レンガ・レンガ・確認！

レンガ・レンガ・レンガ・レンガ・確認！

「うわっ、S字のカーブもスムーズだ。そう、そのラインなんだよ。伝わるかどうか不安だったけど、完璧だ！」

こっちはレンガ積みに集中しているけど、観客がいて歓声が上がるっていうのも悪くないな。剣試合をするとき、観客が多いと燃えるって言っていた剣士がいるけど、今なら分かる気がする。

「ここでL字カーブだ。ちゃんと曲がれるのか。おおっーと。スピードを緩めず一気に曲がった！」

レンガ・レンガ・レンガ・レンガ・確認！　直角！

レンガ・レンガ・レンガ・確認！

なんか錬金術士による実況解説になっているじゃないか。楽しいから、まぁいいか。

「そのままラストの直線へ。スピードがアップするのかと思ったら同じスピードだ」

レンガ・レンガ・レンガ・確認！

レンガ・レンガ・レンガ・確認！

レースじゃないんだからさ。いちいち、スピード上げたりしないよ。ムラができてしまうじゃないか。

レンガ・レンガ・レンガ・確認！

レンガ・レンガ・レンガ・レンガ・確認！

「いよいよ、フィニッシュだ。止まった！　やった、完成だ!!」

完成って勝手に実況中継で言わないでよ。まだ一段目のレンガ積みしただけでしょ。大げさだな。

「この調子だといい感じに予定の500個積めてしまうんじゃない？」

《ピンポーン》「錬金術士が邪魔しなければ予定より早く終わるでしょう」

「あ、そうだよね。これだけのスキルをお持ちなんだから、邪魔しないようにするね」

「邪魔だなんてことはないです。実況中継や歓声、嬉しかったです」

「あ、そういうのはいいのね」

結局この日は、錬金術士さんはずっと付き切りで解説やら実況中継をしていた。積み上がったのはジャスト500個。日没の1時間前だった。

こんな形で出会った錬金術士と僕は、のちのち不思議な関係を構築していくことになる。この時点では、そんな兆候は全くなかったのだが。

第8話　侘しい食事がキノコで華やかになったりする

「明日も来てくれるかな」

「ごめんなさい。本来行くはずだった現場があるので土木ギルドが決めるんです」

錬金術士さん、すごく喜んでくれた。正規料金の大銅貨5枚にチップだと言って大銅貨3枚をくれると言うけど断固として断った。土木ギルドはチップ禁止なのだ。

「だから、内緒にしていれば大丈夫だよ。明日も来て欲しいから収めておいてくれ」

「ダメです」

良い人なんだけど強引なとこがあるな。太っ腹だから、きっと喜ぶレンガ屋はいると思う。でも僕は1日500個積んで大銅貨5枚にこだわっていこうと思っている。

「2日続けて黒猫亭に行ってしまったからなぁ。今日は我慢しなきゃ」

仕事が終わってひと段落。買い置きをしてある黒パンと帰りに買ってきた野菜スープ。これだけで夕食を済ませてしまおう。

黒パンがひとつ銅貨3枚。夕食には1個食べる。朝と昼は仕事が控えているから2個食べてパワーをつけないとね。

野菜スープは少しの野菜が具として入っているスープ。シンプルな塩味で1杯銅貨2枚。

毎日食費が銅貨19枚。たまにスープにトッピングを入れたりするから平均すると食費は銅貨20枚で大銅貨2枚と計算している。

黒パンは堅いのでそのままだと食べられない。朝と夕はスープに付けながら食べる。昼はスープは無しで水筒の水を木のボウルに入れてパンがゆにして食べる。

毎日ほとんど一緒の食事。おいしいってほどじゃないけど、ちゃんと3食食べられるのは幸せだ。

寝ている部屋の前が縁台になっているから、それが僕のダイニングだ。部屋の中だと、狭いからね。

ひとりでスープに浸したパンを食べる。友達がいれば話をしながら食べるんだろうけど、ここでは友達ができない。誰もが寝にくるだけの場所で、話をして友達を作ろうと思っていないのだろう。僕も含めて。

だから、黒猫亭に行くのが楽しみなんだ。あそこなら常連同士で話が盛りあがる。

「あ、いたいた。レンガ屋さんっ」

「あれ？　ミリーちゃん、どうしたんですか？」

「山菜採りに三段の滝に行ってきたの。いっぱい採れたからおばさん達も喜んでくれたのー」

「それはよかったですね」

「マスターにも山菜おすそ分けしたら喜んでくれて黒猫亭でも出すのー」

残念。今日はいけないからなぁ。明日、行くから山菜料理頼んでみよう。

「山菜の他にもいろいろと採れたの。きのこも採れたから私が料理したのー」

「へぇ、ミリーちゃん作のキノコ料理ですね」

「単に炒めて塩味つけただけだから、料理ってほどじゃないのー」

「それがそうですか？」

「うん。食べてもらおうと思って持ってきたのー。ちょうど、夕食中かなぁ？」

今日の夕食はいつもと違ってキノコ塩炒めが一品増えた。

「うん。ミリーちゃんも一緒に食べますか？」

「ううん。お店始まるから帰らないと駄目なのー」

茶色なお皿に載ったキノコ炒めがひとつ。ヒラタケというキノコだろう。

ところどころ焦げているから、ミリーちゃんが火を通しすぎたのかな。

炒め物は焦げるちょっと前までしっかりと火を入れるのが美味しく作るポイント。黒猫亭のマスターがそう言っていた。

マスターの料理を見ていたミリーちゃんも真似したんだろうけど、一瞬遅くてちょっと焦がしてしまった。そんなとこかな。

キノコ塩炒めを一口食べる。塩の味と一緒にキノコのうまみがじわっと広がる。

「うまいな、これ」

きっと黒パンにも合うに違いない。スープに浸した黒パンと一緒に食べてみる。

うまい。黒パンのしっかりした味とキノコ塩炒めのうまみのハーモニー。

さっきまでは侘しい食事だった。キノコ炒めひとつでいつもと違って華やかな食事になっている。

「もうちょっと収入が増えて、食事にいつも一品足せるようになりたいな」

屋台で一品料理を頼むと銅貨2枚か3枚。それを追加する収入があると楽しくなるな。

「いけない、いけないない。あんまり欲を膨らませると碌なことにならないからな」

やっぱり1日大銅貨5枚で過ごせる生活を変えるのは良くない。

「こんな生活は嫌だ」と言って出て行ったレンガ積みの男が冒険者になってすぐ死んだ。そんな話は嫌というほど聞いてきた。

「僕はそういう一か八かの生き方、向いていないからな」

1日大銅貨5枚のレンガ屋を続けていく。それでいい……自分にそう言い聞かせていた。

☆　☆　☆

翌日の土曜日。

お昼の仕事は、錬金術士のところで実況中継を受けながら、窓がある壁のレンガ500個を積んで仕事は終わった。その後、C級冒険者と約束がある黒猫亭に向かった。

第9話　予報屋を始めることになりました

「二晩考えてみたんですが。お話を受けようと思います」

「おお、本当かっ。やってくれるのか？」

　ここは黒猫亭。C級冒険者のパーティメンバー5人が集まっている。パーティのリーダーに毎週予報する話を受けることを告げると、すごく喜んでくれた。

　うまく予報できるかどうか分からないけど、まずはやってみるか、と思って決めたんだ。

「だけど、最初に言っておきたいことがあります」

「何だ？」

「予報は必ず当たるとは限りません」

「ああ、聞いているよ。天気予報で70パーセントだってみんな言っていたから」

　既にいろいろと聞いているらしい。それなら大丈夫か。

「あくまでも予報は参考なので、信じ切ってまずい状況になることは避けてほしいんです」

「もちろん、そのつもりだ。そんなことは2年でC級冒険者になった私からすると当然な話だな」

「あ、そんなつもりじゃなくてですね」

「分かっているって。俺達、うまくやっていけると思わないか？」

　うん。この人達とだったら、うまくいく気がする。少しでも僕の予報が役に立ったらいいな。

「では、今日からってことでいいのかい」

「えっ、来週からじゃないんですか」

「ちょうど今夜、来週の予定を決めようと思ってさ。予報で手伝ってくれるかい」

「はい、もちろんです」

冒険者パーティは5人。僕も入れると6人。テーブルがひとつだと座りきれないので、ミリーちゃんが小さなテーブルをつけてくれた。

「それでは、まずは自己紹介からしよう。私がパーティのリーダー、剣士をしているマセットだ」

「あ、僕はジュートです。レンガ積みの仕事をしています」

「ああ。レンガ屋もやっているんだってな。聞いているよ、ここの常連さん達に」

「マセットさんはずっと剣士ですか」

「もちろんだ。ずっと剣士だそうだ。ユニークスキルが剣術だからな」

いいなぁ、剣術のユニークスキル。剣士になるために生まれてきたってことだよね。

「彼女がうちのパーティの紅一点で火魔法使いのセリルだ」

「この前はすごく助かったわ。これからもよろしくね」

他の3人はもうひとりの剣士のジュンクと槍士のガンツと僧侶のマック。一度には覚えきれないから、マセットとセリルだけ覚えておこう。

「それでな。来週早々に新しい依頼を受ける。どんな依頼を受けたらいいか予報して欲しい」

「すみません。それでは予報ができません。依頼で受ける可能性がある候補を上げてください」

「わかった。まずは、これだ」

そう言うと、メモを出した。冒険者ギルドで出されている依頼を書き留めたものだろう。

「マセット、ちょっと待って。その前にすることがあるわ」

「なんだ？」

「これよ」

セリルは袋から銀貨1枚を取り出した。

「えっと、そうなんですか？」

「こういう仕事は前払いが基本よね」

「だって、予報を聞いたあとにお金を払わない人、いるんじゃないの？」

それはそうだ。予報だけ聞いて逃げる人がいてもおかしくないな。

「あ、お金をもらって予報するのは初めてなので」

「「「「ええーーっ」」」」

見事に5人とも同じ反応をした。そんなにびっくりすることかな？

「あ、でも。お礼に手料理をもらったりはあるんですよ」

「そ、そんな報酬で今まで予報をしていたのか？」

「ええ」

5人でなんか相談している。もしかして、まずいこと言ったのかな。

「予報ってすごいスキルだと分かっていないのか？」

「そんな大げさですって。剣術や火魔法に比べたら外れスキルですよ」

また、なにか話し合っている。話がまとまったのかリーダーのマセットが代表して話し出す。

「毎週土曜日はここで予報を銀貨1枚で受けるというのは了承してもらえたんだよな」

「はい、そのつもりです」

「あと、他の曜日は予報は受けてもらえないのか？」

「あ、銀貨1枚というのは1週間分ってことですか」

「そうじゃなてぃ。べつの日に予報をしてもらいたいことも起きるかもしれない。そのときはまた銀貨1枚払わせてもらうが、どうだ？」

「えっ、そんな。悪いですよ」

「悪くない。悪くない。どうか、それができるようにしてほしい」

他のメンバーはちゃんと了承しているんだろうか。

それぞれ確認するように顔を見た。それぞれのメンバーと目が合うと、うなずいてくれる。

「わかりました。この黒猫亭で、ということならば。銀貨をもらえた翌週は、月水木土と週4回ここに来ます。時間はだいたい今日くらいです。閉店まではいます」

「おおっ、週4日も予報が使えるんだ。それは素晴らしい！」

みんな喜んでくれた。喜ぶのは僕の方。銀貨1枚もらえば、黒猫亭を週4に増やしても、大銅貨5枚くらい残る。週に大銅貨で8枚も貯金できる。喜ばずにいられない。

「話は戻って、来週の依頼の件なんだが。最初は銀熊退治の依頼でな」

マセットがどんな依頼か説明してくれた。その依頼はB級が適性レベルだという。

「この銀熊退治の依頼は僕らで達成できるか？」

《ピンポーン》「依頼は失敗するでしょう」

「ほら、やっぱり、無理よ。だから言ったわよね」

「そう言うなって。B級依頼の達成は俺たちの夢じゃないか」

「でも、まだ早いのよ。無理して取り返しのつかないことになったら大変だわ」

「よし、B級依頼はすっぱりとあきらめよう。今は分相応のC級依頼だ」

うん。それがいいと思う。無理は禁物だね。

「C級依頼なら、やっぱり。岩トカゲ狩りがいいかな」

「そうよね。バッグも欲しいわ」

「バッグは関係ないだろ。バッグは」

「岩トカゲ革のバッグは女のあこがれなのよ」

「とにかく。岩トカゲ狩りはうまくいくのか？」

《ピンポーン》「大成功するでしょう」

「おおっ、大成功って。どういうこと？」

「もしかして討伐数が多いのかな。依頼より」

「岩トカゲ狩りで岩トカゲは何匹討伐できるのでしょうか」

あ、それは予報できないよ。何匹って聞き方はやめて欲しいな。

「あ、これじゃダメなんだよね。依頼の討伐数が４匹だよな」

「そうそう」

「では、岩トカゲ狩りで岩トカゲは６匹以上討伐できるか？」

《ピンポーン》「討伐する岩トカゲは６匹以上でしょう」

「だな。もっと聞いてみようか。岩トカゲ狩りで岩トカゲは8匹以上討伐できるか？」

《ピンポーン》「討伐する岩トカゲは8匹以上でしょう」

おおー。依頼の倍以上になるみたい。マセットによると、討伐数が増えても依頼の報酬は変わらないが、岩トカゲは皮が素材として高額で取引されている。肉も癖がなくておいしいと人気だ。だから、討伐数が多くなると収入も多くなる。予報を聞いてメンバーのテンションは上がっている。

その後も数を変えて討聞いてみたら討伐数は9匹が予報らしい。

「岩トカゲ討伐でメンバーはケガをするか？」

《ピンポーン》「ケガをするメンバーはいます。ただ軽傷程度でしょう」

「そのくらいは仕方ないな。ポーションもまだあるし軽傷なら大丈夫だろう」

来週の予定は岩トカゲ討伐に決まった。1週間で受ける依頼は1つだけでは少ないらしい。

2つ目の依頼も予報を利用して決めた。

「これで来週はきっとうまくいくだろう」

「ご健闘をお祈りしています」

「じゃあ、もうひとつ。セリルの恋はうまく……ぐぐぐ」

マセットがそんな質問しようとしたら、セリルが口を押さえてしまった。

よかった。変な予報がでたらヤバそうな内容だし。

「なに勝手なこと聞いているのよ」

「すごいじゃない？」

「お前だって知りたいんだろう?」

「ふざけないでよ」

いつものことらしく、残りの3人はあきれ顔だ。そのあと笑いが起きて、ほのぼのとした雰囲気が広がった。

しかし、その雰囲気を一気に壊すことが起きた。ひとりの男が店に入ってきて言ったのだ。

「た、大変ずら、ミリーちゃん。お姫様が死にそうずら」

「えっ、お姫様が!? 嘘っ」

第10話　自分にできる限界があるってことを知っておこうね

「た、大変ずら、ミリーちゃん。お姫様が死にそうずら」

「えっ、お姫様が⁉　嘘っ」

　僕のエールを持ってきたミリーちゃんが驚いた声を出す。会話に出てきた「お姫様」というのはある女性のニックネームで本当のお姫様って訳じゃない。

「なんで？　あんなに元気いっぱいだったのにー」

　お姫様とはミリーちゃんの出身村の村長の娘のこと。幼い頃、貧しいミリーちゃんの家族はお姫様にいろいろと助けられたのだ。

　見た目がお姫様みたいに高貴でかわいらしいのと、みんなに愛されているから周りの人がそう呼んでいる。最近は街での活動が中心で困っている人達を助けているそうだ。

「それがずら。病気みたい。今は意識もないって言ってたずら」

「えー、そんなにひどい状態なのっ？」

　僕も一度だけだけど、お姫様に会ったことがある。僕より3つ年上で21歳だけど、年下の僕にも丁寧な接し方をしてくれて誰からも愛されているのが分かる。

「おいおい、お姫様って、あれだろ。もし、この街で美人コンテストを開いたらきっと優勝するんじゃないかって噂されている。俺もちょっと前に瓦版で読んだことあるぞ」

「そういえば、新しくできた孤児院も彼女があちこち駆けずり回って、出資を募ってできたと聞いたっぺ」

黒猫亭に来ているお客さん達にもお姫様は知られていた。会ったことがなくても噂で彼女のことを知っている人はたくさんいる。

「お姫様はいきなり倒れて。そのまま昏睡状態らしいずら」

「おい、もしかして、そのお姫様の病気って、ころり病ではないのか？」

C級冒険者パーティのリーダー、マセットが僕に聞いてくる。

《ピンポーン》「お姫様の病気はころり病でしょう」

「おい、レンガ屋。ころり病って何ずら？」

「あ。僕は知らないんです」

予報しただけだから。別に知っている訳じゃないんだ。

だけど、C級冒険者のマセットは知っていた。冒険であちこちの街へ行っていて、別の街で起きたころり病の噂を聞いたことがあるらしい。

元気だった人がいきなり倒れて昏睡状態になり、次第に弱ってころりと死んでしまう。

だから、ころり病と呼ばれている。ころり病になると1週間くらいで体力がなくなり、静かに息を引き取る。致死率100パーセントの難病らしい。

病気の原因は不明だが、美人だったり、成功者だったり、周りから羨まれる環境にある人がかかるのが特徴。だから、貴族やお金持ちには、ころり病が恐れられている。

もっとも、有名人だけではなく、こっそり亡くなっている人もいるんじゃないかとも言われている。

「街一番のお医者さんに連れて行かなきゃなのー」

「そんなお医者さん、お金をたくさん積まなきゃ、診てもらえないっぺ。もし、お医者さんでなんとかできるなら、お姫様の周りの人が連れて行っているはずずら」

「たぶん無理だな。他の街で起きたころり病も医者では治せなかったと聞いているから」

C級冒険者のパーティの面々は直接お姫様を知らなかったが、心配する店のお客さんに共感して暗い顔になっている。

「おい、レンガ屋。お姫様が助かる予報を出せよ」

「そんな。無理ですよ」

「あ。それ、いいかもしれないぞ」

マセットには考えがあるらしい。

「みんなでお姫様を助ける方法を予報屋さんに言うんだ。可能性のある方法がもしかしたら見つかるかもしれない。いいよな、予報屋さん！」

「もちろんです」

みんなそれぞれ対策を考えはじめる。まずはミリーちゃんが聞く。

「お姫様を助けるのに、ポーションじゃ駄目かしら？」

《ピンポーン》「ポーションは効果ないでしょう」

「ポーションでも無理なのかよ。高いんだろう、あれ」

ここにいる連中はC級冒険者を除くと低級ポーションですら買えない人達だ。そんな貧乏人に買えるポーションでなんとかなるはずがない。

「もしかして呪いの魔法かもしれないっぺ。魔法使いならなんとかなるんじゃないか」

「おお、それはあるかもだ。お姫様の病気は呪いの魔法が原因なのか？」

《ピンポーン》「呪いの魔法ではないでしょう」

「違うのか。じゃあなんだろう」

こんな感じでいろんな人のアイデアで次々と予報したけど、すべてがノーだった。解決策が見つけられない。お姫様が亡くなるのをただ、待つしかないのか。

店のお客さんはみんな悩んだまま、時間が過ぎていった。店の中はどんよりとした重苦しい雰囲気になった。

予報屋としての初仕事には満足してもらうことはできたけど、お姫様の病気に役立てることができなかった。その夜は、お姫様の病気の対策をそれぞれ考えてくるという宿題を残してお開きになった。

第11話　レンガ積みの経験はいろいろと応用が効きます

翌日、僕は朝早く目が覚めてしまった。

今日は日曜日。別に昼過ぎまで寝ていても誰も文句は言わない。

いつもの日曜日は昼前まで寝て、それからたまに街の外に散歩に出かける。唯一の趣味をするために。

唯一の趣味とは石拾い。河原や山で珍しい石を拾ってくること。色や形、模様など。石はひとつづつ、表情が違う。自分の気に入る石に出会えるまで、石拾いは続いていく。

「今日は、石拾いに行くのはやめておこう」

朝早く目覚めてしまって、もう寝られない感じだ。なんか石拾いをする気分じゃないし。

「やっぱり、お姫様の対策を考えよう」

気になっているいるのはお姫様の病気のこと。大した知識がある訳でもない僕に対策が見つかるとは思えないけど、何もしないでいることができない。

「よし。レンガを積むように対策を探していこう」

僕ができること、それは予報をしまくる事。昨日、さんざん、黒猫亭の常連や冒険者パーティ達が対策のアイデアを出した。でも、ひとつとして姫様の病気を治す可能性が見えてきていない。

「なんか、あるはずだ。とにかく多くの対策を出してみよう」

「矢を撃ち続ければいつかは当たる」という格言もあるじゃないか。

「まず1個目。王様ならお姫様を助けることはできますか？」

《ピンポーン》「王様ではお姫様は助けることはできないでしょう」

うーん、ダメか。偉い人だからなんとかなると言う訳ではないのか。

「2個目。神様ならお姫様を助けることはできますか？」

《ピンポーン》「神様は自ら人に関わりを持つことはないので無理でしょう」

神様はそうなのか。本当言えばできるんだろうけど、それする理由ないしなぁ。

「3個目。すごいヒーラーだとお姫様が助けることはできますか？」

《ピンポーン》「ヒーラーは助けることはできないでしょう」

ヒーラーはダメか、別系統を考えないと。

レンガを1個づつ積んでいくのと同じように、ころり病の対策もひとつひとつ積んでいけば、いい方法が見つかるかもしれない。

「うるさいな。日曜の朝なのに、何をぶつぶつ言っているんだよ」

「あ、ごめんなさい。外、行きますね」

部屋の中で予報を使っていたら、怒られた。そりゃ、そうだ。迷惑だから、外へ行くことにした。

外に出て歩いていると黒猫亭に来てしまった。もちろん空いていないから誰もいない。

だけど、入口の横に石の腰掛がひとつ置いてある。

「ここでいいか」

周りに誰もいないここなら、予報をしまくっても迷惑になることはないだろう。

「4個目。ドラゴンならお姫様を助けることはできますか？」

《ピンポーン》「ドラゴンはお姫様の病気を治すことはできないでしょう」

うーん、ダメか。昔聞いたお話だとドラゴンが治したりしているんだけどなぁ。

☆　☆　☆

「82個目。みんなでお祈りする」

《ピンポーン》「お祈りではお姫様の病気を治すことはできないでしょう」

うーん、だんだんとネタ切れになってきた。レンガ積みみたいに黙々とやるのが難しいぞ。

「あれ？　レンガ屋さん。どうしたのー？」

「あ、ミリーちゃん。お姫様の病気対策を考えているんです」

「うわぁ、ありがとう、考えてくれてぇ。私も考えたけど、いいの見つかんないのー」

「あ、ミリーちゃんも対策考えているんですね。その中のいくつかを言ってみてくれませんか？」

「あ、予報ねっ。わかったのー。えっと、聖者さんの力でお姫様の病気は治るかなぁ？」

「83個目。うーん、次は……」

《ピンポーン》「聖者さんはお姫様の病気を治すことはできないでしょう」

「ええっ、そんなに考えてくれていたの。ジュートさん、すごいのー」

「すごくないですよ。まだ対策になりそうなの、何も見つからないですから」

ミリーちゃんと一緒に考えることにした。

「84個目。奇跡の泉でお姫様の病気は治りますか?」

《ピンポーン》「奇跡の泉ではお姫様の病気を治すことはできないでしょう」

「そうだ。ミリーちゃんの知っている伝説の話、あげてみてくれますか?」

そこから伝説話シリーズを続けてみた。もちろん外れぱっかりだったけど、ついに、当たりが出たんだ。

「150個目。賢者ならお姫様の病気は治せますか?」

《ピンポーン》「賢者はお姫様の病気の治し方を知っているでしょう」

「わぁ、賢者さんなのー」

「賢者か、賢者。やっとヒットしましたね」

500個の予報積みをする前に、ヒットが出た。可能性が見えてきたな。

第12話　情報判断は自ら行うのは鉄則だよね

「お待たせです」

「ジュート、おはようなのー」

ミリーちゃんは、待ち合わせ場所に先に来ていた。

「あ、かわいいですね」

いつもはシンプルな服を着ていることが多いミリーちゃん。今日はリボンが付いたハンチング帽をかぶって、真っ赤な石のついたペンダントをしている。

「お出かけだから、おしゃれさんなのー」

嬉しそうに話している。やっぱり女の子なんだなー。いつもと同じ僕と違っておしゃれしてお出かけするの好きなのかな。

「ミリーちゃんって、この辺り来たことって、あるんです？」

「うん。この先の市場までは行ったことあるのー。マスターの買い出しのお手伝いなのー」

今、僕らは街の中心に向かって歩いている。もう少し行くと市場があるけど、今日は日曜日だから市場はお休みだ。

「市場は閉まってて、外の壁づたいに市場の東門に向うと大丈夫なのー」

「あそこに見えるのが市場の西門。市場の外をぐるっと廻って反対側に行くと東門になるんですね」

「そうなの。わかりやすいのー」

市場がお休みだからこの辺りは人が少ない。市場の東門からまっすぐ伸びる道を行くと商業地区に入る。ミリーちゃんが知っているのは、そこまで。商業地区に行ったことはない。

僕もこの街に来て3年になるけど、商業地区には縁がない。あそこはお金がある人がお金を使いに行く場所だ。生活がカツカツな僕には関係ないところだ。

休みの日だから、商業地区は人出が多い。それも着飾った人たちがたくさん歩いている。

「あ。あの服、かわいいー」

「豚さんだぁー。豚串のレストランかなー」

「あ、魔法道具屋さん。高そうー」

商業地区にはいろんなお店が並んでいる。ミリーちゃんは店頭の展示を見て、あれこれ言っている。僕はというと、あまり関心を持たないように気をつけている。だって、どうせ買えやしないものがほとんどだ。がっかりするに決まっている。

「ジュート、楽しくないの？」

「えっ、楽しいですよ」

いけない。いけない。お店に関心を持たないようにとようとしていたら、仏頂面になってしまっていたようだ。せっかく、ミリーちゃんが楽し気にしているのに、駄目だよな。

「どこか、お店に入ってみますか？」

「ううん。いいの。ジュートと一緒にお店眺めているだけで楽しいから」

お金がないのはミリーちゃんも一緒。高いお店に入るのはやっぱり抵抗感あるんだろうな。

「ミリーちゃん、お腹すいてないですか？」

「あんまりかなー」

「ほら、露店も出ていますよ。あのくらいなら、高くもないでしょうからおごりますよ」

「本当！　嬉しいっ」

今度は食べ物の露店を眺めていくミリーちゃん。あれがおいしそう、こっちは甘いのかな、と元気に跳びまわっている。本当は賢者さんを探しに来ているんだけど、せっかくだから楽しまないとね。

結局ミリーちゃんが選んだのは、焼きリンゴを薄い生地で包んだお菓子。僕も一緒に買って食べ歩きしてみた。

「ありがとう、ジュート」

「うん、いいんですよ。いつも色々としてくれるお礼です」

「ジュートと一緒にいると楽しいな」

嬉しそうに笑顔を向けてくる。ミリーちゃん、かわいいな。初めて会ったときは、まだ12歳だったから子供ぽかったけど、今年15歳になるはず。成人したら、黒猫亭で働き続けるのかな。それとも、別の仕事をするのかな。ミリーちゃんが黒猫亭にいなくなると寂しいかな。

「どうしたのー」

「ミリーちゃんがかわいいなと思っていたんです」

「嬉しい」

さて。そろそろ、本格的に賢者さん探しをしないと。

「賢者さん探し、しましょうか」

「街案内所に行けば賢者さんのいる場所が分かるって予報がでたのー」

「そうですね。街案内所なら街の有名人のことは知っているはずですね」

しかし、商業地区はお店が多く、それぞれが店頭に看板や目玉商品を出していて、それを見ている人でごちゃごちゃしている。

いつも僕らがいる下層の人達が住むような場所とは全然違う。土地勘もないし、どっちの方へ行くと案内所があるのか、全然わからない。

「まずは、もっと商業地区の真ん中に行ってみましょうか」

「うん」

商業地区を進んでいると、お店の雰囲気が違ってくる。だんだんとお金持ち向きのお店が増えてきて、高級感があるお店ばかりになってきた。

歩いている人の数が減ってきて、高貴な恰好の人しかいなくなってきた。

「街案内所って、こっちでいいんですかね」

「よくわからないのー」

賢者がお姫様の病気を治すための何かを知っている。そして賢者は街からそんなに遠くない所にいる。そこまでは分かっていた。

だけど、それ以上は分からない。賢者のことを知っている人を予報で探していたら、街の案内所の話が出た。『街中で迷子になったら、案内所につれて行ってもらえ』とマスターが言っていたのをミリーちゃんが思い出したのだ。

「だけど、こんなみすぼらしい恰好で案内所って入れてくれるかなー」

「そうなんですよ。僕もそれちょっと恐れていまして……」

あまりに周りの人達と恰好が違うので相手してもらえないんじゃないか。そんな心配がある。

「こんにちは～」

僕達が歩いていると、後ろから少年が話しかけてきた。ミリーちゃんより幼く見えるからだいたい12歳くらいの男の子かな。

「タバコはいかが？」

「タバコ吸いません。ごめんなさい」

「そうかぁ。あ、なにか困ったことあるんじゃない？　何かを探しているように見えたよ」

「実は、街の案内所に行きたいんですけど、よくわからないんです」

そう答えると、少年はまじめな顔になって、じろじろと見てくる。

「なんでしょう？」

「えっと。街の案内所、だよね。誰かの紹介状か何かある？」

「いや、単にちょっと聞きたいことがあるんだけなんですけど」

「あー、正直な話、その恰好だと玄関の衛兵が通してくれないよ」

案内所は誰でも入れるところだと思っていたけど違うのか。たしかに、このあたりにいる人たちの服装と僕らの恰好は違いすぎるかも……どうしたらいいのか。

「どうして、案内所に行くの？　この街の人だよね」

「ええ。じつはですね……」

なぜ案内所に行く必要があるのか。そんな話をしてみた。すると。

「あ、それなら案内所よりもっといいとこがあるよ」

「どこですか？」

「情報屋って言うんだ。この街近辺の人の話なら、情報屋に聞けばなんでも分かるよ」

「そうか！　そんなとこがあるんですね。よかったです。なんとかなりそうです」

「でも……」

少年はちょっと言いづらそうにしている。

「なんですか？」

「情報屋は情報を売るのがお仕事なので、お金がない人は相手してもらえないよ」

「うーむ。それは、そうですね。いったい、どのくらいかかるものなのなんですか？」

「最低、銀貨1枚は掛かるよ。無理ならあきらめた方が……」

そんなこともあろうかと、銀貨を3枚持ってきている。さすがに金貨は置いてきたが、何をするにもお金がかかるらしい商業地区だから、貯めていた銀貨3枚を持ってきたのだ。

「お金なら大丈夫です。情報屋の場所、教えてくれるかな？」

「うん。分かった。ちょっとわかりづらいところにあるから、僕が案内するね」

ハキハキと受け答えする感じのいい少年だ。タバコを吸う友達がいるから、後で買ってあげよう。

「こっちだよ」

少年はメインストリートから一本入った小道を歩いていく。人通りが少なくなってちょっと薄暗い。商業地区にも、僕らが住んでいるようなところもあるんだ。

そんなことを思っていたら、大きな扉がある家の前で少年は止まった。

普段なら当然のように予報スキルを使う。でもこのとき僕は慣れない場所で親切にしてもらって、警戒心が緩んでいたんだ。疑うこともなく、扉をミリーちゃんと一緒にくぐった。

☆　☆　☆

「こっちの人、賢者の情報を知りたいと言うから、連れてきたよ」

大きな机に強面のおっさんがひとり。その後ろに黒服を来た男が立っている。この強面おっさんが情報屋なのか。

「賢者だな。うむ。賢者のどんなことを知りたいのかい？」

「はい。どこにいるのか教えて欲しいのです」

「まずは銀貨1枚」

そうだった。こういう商売は前払いが基本だとマセットに教わったのだ。

銀貨を1枚、机の上に置くとすかさず、強面おっさんは机の引き出しにしまう。

「賢者がいる場所を教えてください」

「それなら、賢者の住所を知りたい。それでいいな」

「はい。住所が分かるなら住所を教えてください」

強面おっさん、すこし考えている。なんだろう。何を考えているんだ？

「銀貨3枚」

「えっ。さっき払いましたよ」

「あれは、入場料だ。賢者の住所はもっと価値がある情報だぞ。銀貨1枚では全然足りないのだ」

「しかし……銀貨3枚なんて持っていません」

「いくらなら出せるのか？」

「銀貨2枚です」

もう一度、考えている。銀貨2枚にしてくれるのか。それとも、それでは足りないのか。

「あ、わたし、大銅貨3枚なら持ってるー」

「銀貨2枚と大銅貨3枚か。少ないな」

「それでなんとかなりませんか？」

強面おっさんは黒服にこそこそと話しかける。黒服は机の後ろの扉から出ていく。

「少々待っておれ」

しばらく待っていると扉から黒服が戻ってくる。手には1枚の紙が握られている。

「まずは銀貨2枚と大銅貨3枚出してもらおうか」

「はい。これが銀貨2枚です」

「大銅貨3枚なのー」

お金を出すと、強面おっさんはお金を机の中にしまいこんでから紙を差し出す。

「賢者なら、この住所のところにいるぞ」

書いてある住所はどこか良く分からないけど、たぶんこの街か近くのどこかだろう。

黒服が僕らの後ろの扉を開く。きっと、帰れってことだろう。素直に従って外に出た。

「ふぅ、緊張したぁ。あの人達怖い顔していたのー」

「僕もドキドキでした」

「でも、賢者の居場所分かってよかったぁ」

「あ、タバコ売りの少年にお礼したいですね。あれ？　いませんね」

さっきまで一緒にいたのに。まだ、情報屋に残っているのだろうか。

「変ですね。どこに行ったんでしょう？」

「もしかして、なんか用事があって帰ったのかなー」

「それより、賢者さんの住所って、どのあたりなんでしょうか？」

手渡された紙には、僕らが全然知らない住所が書いてある。街を歩いている人に聞くと言っても、こっちの服はボロボロで相手の服は綺麗。なんか聞くのためらうな。

「あ、そんなときにこそ、予報が役立つのー」

「おお、そうでした。方向くらいなら分かるはずですね」

紙に書いてある住所をミリーちゃんに読んでもらう。ミリーちゃんは居酒屋で働きだしてから読み書きを勉強しているから、住所くらいは読めるんだ。

僕はと言うと、全く読み書きはできない。

「この住所の場所は、こっちの方向？」

《ピンポーン》「その住所は実在しないでしょう」

「「ええーーっ」」

ひどい、だまされた！　強面おっさんに銀貨と大銅貨、だまし取られてしまった。

「どうしようー」

「まいったな。全然お金がなくなってしまいました」

「わたしもー」

無一文で知らない場所にいる。なんか、すごく不安。

「どうしよう……あきらめて帰るぅ？」

「ダメです。お姫様を救うんですから。のんびりしている訳にはいかないんです」

だまされてしまったのはショックだけど、まだあきらめることはできない。お金がなくても、賢者は見つけられるかもしれない。

「もしかすると、街案内所は僕らでは入れないっていうのも嘘かもしれませんね」

「あっ、そうかもー。お金を騙し取る手口かもー」

「よし、街案内所を探すのに、予報を使ってみましょう。ミリーちゃん、聞いてみてください」

「街案内所は私達でも利用できるぅ？」

《ピンポーン》「利用できるでしょう」

「あ、やっぱりぃ。あいつー」

タバコ売りの少年を恨んでもしかたない。今度は自分達で街案内所を見つけるんだ。

僕らは気持ちを新たにして、街案内所を探し始めた。

第13話　街案内所って必要あるのかな

街案内所を探して、予報を使ってみる。

「こっちかなー」

「いや、たぶん、こっちです」

予報だと、だいたいの方向しか分からないから行ったり来たり。

「街案内所はこっちでいいのぉ？」

《ピンポーン》「逆方向に歩いているでしょう」

「やっぱり！　さっきのとこ曲がるのー」

「ああー、そうなんですね」

こんなことが何度もあったけど。

「あったのー」

「あった、ありました！」

やっと『街案内所』って看板を見つけた。もっとも、思っていた建物よりずいぶんと小さい。普通の家とあまり変わらない大きさの建物だった。

「ここかなぁ？　やってるのかなー」

「大丈夫。やっているみたいですよ。予報だと、僕らでもいいみたいですし」

うーん。そんなに予報を信じすぎても、外れることだってあるんだから。なぜかミリーちゃんが絡む予報はよく当たるから、ミリーちゃんの予報に対する信頼度はやたらと高い。

「とにかく、入ってみるのー」

恐る恐る、上部が丸くなっている扉を開けてみる。すると、テーブルがあり中に男女ひとりづつ座っている。ふたりは、器を手に持っていて麺料理みたいなものをすすっていて、男の方がこっちを見た。

「こんにちは。あの、教えて欲しいことがあるんですが」

「あ、はい。なにかな」

「賢者さんって、どこに住んでいるか知っていますか？」

「賢者さん？　王都にいる大賢者さん？」

あれ？　知らないのかな。

「いえ。この街か、この街の近くに住んでいる賢者さんなんですが……」

「賢者さん。名前じゃなくて、勇者と一緒にいたりする賢者さんだよね」

「はい、その賢者さんです」

うーむ。なんか、知らなさそうだぞ。参ったな。

「ね、賢者がこの街にいるんだって。君は知らない？」

「賢者か。知らないわ」

「私も知らないぞ」

予報では知っているって言っていたんだけどなぁ。もしかして、予報が外れたとか？

お金を騙し取られてやっとたどり着いた街案内所が役立たずだったとしたら……。思ったより小さな所だし、そこにいるふたりは、なんか頼りなさそうだし。

「ここは、他に誰かいないんですか。偉い人とか」

「今日は私たちふたりだけだ。別の日だと他のふたりほどいるが、あまり変わらんよ」

うーん。やっぱりここに来たのは無駄だったか。次の手を考えないといけないか。

「ねぇ。予報で聞いてみたらー」

そうだった。さっき、ミリーちゃんとちょっとでも怪しいことがったら予報を活用しようと話し合ったばっかりだった。

「どうかな。このふたりのどちらかは賢者さんのことを知っていますか？」

《ピンポーン》「ふたりとも賢者さんのことは知っているでしょう」

「えっ、知らないわよ。本当に」

「あ、もしかしてさ、賢者さんって、あの物知り爺さんのことじゃないか？」

「あー、自称賢者。あの物知り爺さんね」

「だれですか、それは？」

「単なる理屈っぽい頑固爺さんさ」

「ミリーちゃん、その人が賢者さんかどうか僕に聞いてみてください」

「うん。聞いてみるねっ。物知り爺さんは賢者さんかしら？」

《ピンポーン》「物知り爺さんはユニークスキル『賢者』を持つ賢者さんです」

「「そんな、訳ないよぉ～」」

予報スキルを知らないふたりは、いきなり僕が変なことを言ったからツッコミをいれてきた。

「あ、お願いがあります。物知り爺さんのいる場所教えてくれませんか？」

「それはいいけど。無駄だと思うよ。人嫌いで訪問者をすぐに追い返すって、誰かが言ってたから」

「とにかく、物知り爺さんに会わないといけないんです。急いでいます。場所を教えてください」

必死に頼んだら、あっさりと教えてくれた。ふたりとも、やさしい人達でよかった。インチキ情報屋と違って、お金を取ったりしないし。

「それじゃ、物知り爺さんによろしく」

「ありがとうございました」

なんとか、賢者さんの居場所を突き止めたぞ。街の外だけど、そんなに遠くないから、今日行って、夕方前には帰ってこれそうだ。

「やったね」

ミリーちゃんとふたりで喜び合った。

第14話　なんでも知っているってどういうことか

「それは確かに、ころり病じゃ」

親身になって相談に乗ってくれた物知り爺さん、じゃなかった、大賢者様。案内所のふたりの話だと相当面倒くさい性格らしいのだが、全然そんなことはなかった。もっとも、普段は頑固者なのかもしれないけどね。

「頑固者なら、とにかく低姿勢でいくとしよう」

大賢者様に会う前にミリーちゃんとふたりで話して決めたこと。

「すみません。こちらに、とても素晴らしい大賢者様がお住まいだと聞いて訪れたのですが……」

大賢者様はすごい人だという設定で対応しようってね。予報通りなら賢者のユニークスキルを持っているらしいから、本当にすごい人だと思うしね。

「その通り。我こそは賢者の中の賢者、大賢者なのじゃ」

「ははぁー。大賢者様にお目に掛かれるとは、本当に光栄です」

はじめの会話はそんな感じだった。その後も持ち上げまくったら、やたらと機嫌が良くなった。やっぱり誰であっても持ち上げられるのって、気持ちいいんじゃないかと思うんだ。

本当はすごい大賢者様なのに、周りの人にちゃんと扱ってもらえていない。そんな感じなんじゃないかと街案内所のふたりの話で思ったんだ。

とにかく低姿勢。そんな感じで話していたら、大賢者様の方から言ってくれた。

「そんな固くならずとも良いぞ。なにか聞きたいことがあって来たんじゃろ？」

待っていました。そう聞いてくれたから、お姫様のこと、特に病状を詳しく話した。

すると、大賢者様が、病気の診断をしてくれた。

「それはころり病じゃ」

さすが賢者のユニークスキル持ち。何でも知っているのだろう。一発でころり病と見抜いた。やっぱり、ここに来てよかったと思った。大賢者様が味方になってくれる。この安心感。

だけど、そこから肩透かしにあってしまった。

「それで、おぬしたちの依頼は、その女を助けたいという事じゃな」

「はい。大賢者様ならきっと良い方法をご存じかと思いまして」

「無理じゃ。ころり病は助からんのじゃ！」

「「えぇーーー」」

なんでも知っているはずの大賢者様に無理と言われてガクッときた。横にいるミリーちゃんも放心状態だ。

「だいたいがな。ころり病に罹る奴はロクな奴がいない。あっさりと死んでいくのが世のためじゃ」

「そんなこと、ありません！」

大のお姫様ファンのミリーちゃんは、目に涙をためて大賢者様に大声で反論した。

お姫様がどんなに素晴らしい人なのか。どれだけ人から信頼されているのか。お金持ちから資金を集めて孤児院を作った話。貴族にあらぬ疑いを掛けられて処刑されそうになったメイドを助けた話。お金ならいくらでも手にできるはずなのに、自分は質素で堅実な生活をしている話。そして、誰にも負けないいくらい気品があって美しい女性だという話。

大賢者様はじっとその話を聞いて、すべて聞き終わったときに、ぽつりと一言だけ言った。

「そなたの言うお姫様という女性はやはり、ころり病じゃ」

その後に大賢者様、じっと前を見つめて、何かをじっくりと考えだした。どうしたら助けられるのか。ミリーちゃんがその次の言葉を待っている。

でも、残念ながらそれが出てこない。じっと待っているのが辛くなってきて、ミリーちゃんが僕に聞いたんだ。

「ジュート、大賢者様はお姫様を助ける方法を知っているの？」

《ピンポーン》「大賢者様はお姫様を助ける方法を知っているでしょう」

「なに！」

大賢者様は、心底びっくりした顔をした。何をそんなにびっくりしたのか？

「まさか、お前！　『予報』スキルを持っているというんじゃな」

そこだったか！　僕の予報スキルのことかっ。さすが大賢者様ともなると予報スキルを知っているんだ。

いままで予報スキルを知っている人は誰もいなかった。神様から予報スキルを授けてくれた神官さんすら僕のユニークスキルが『予報』だと伝えたとき、戸惑っていた。

だけど、大賢者様は、予報スキルの知識を持っているらしい。

「よし！　予報が使えるなら、おまえ達のお姫様を助けることができるのじゃ!!」

「「本当ですか！」」

ミリーちゃんと僕は同時に叫んだ。

「ころり病というのは、本当は病気ではないんじゃや」

大賢者様はころり病の解説を始めた。

ころり病は、大きな成功をした人とか、すごい美人とかがなることが多い。

成功した人は、その陰に泣かせてきた人がたくさんいたりする。美人というのも、同じだ。誰かの恨みや妬みを買ってしまう。それも強い妬みを。

ひとりの妬みだけでは問題にはならないが、多くの人が同じように妬んでいるとその気持ちは念となって妬まれている人にたくさん飛んでくる。

たくさんの妬みの念が一か所に集まることで合体してさらに強い妬みの念になる。すると、近くにいる恨みや妬みを抱えたまま死んで成仏できない霊も集まり、精神生命体になってしまう。

その精神生命体は、妬まれている人から精神エネルギーを尽きるまで吸い上げていく。その結果、ころりと死んでしまうのだ。

「うわっ。怖い。妬みの念って怖いものなんですね」

「違うもん！　お姫様はみんなの妬みなんて買っていないもん!!」

ミリーちゃんが泣きながら主張する。

「そこじゃや。話を聞いていると、ころり病になるような女性ではないんじゃやな」

「そうよ。絶対そうよー」

大賢者様もうんうんとうなずいている。

「だがな。ころり病なのは話を聞く限りでは確実じゃ。ころり病にはもうひとつ別の形が存在しているのじゃ」

もうひとつのころり病のケース。

普通なら多くの人の恨みの念が合体することから始まるけど、時にはたったひとりの妬みの念から起きるケースがある。

「今回のケースは、誰かのとんでもなく強い妬みの念が原因だと思われるのじゃ」

お姫様を妬んでいる人。そんな人なんて、いるのかな。

「話によると庶民の出なのにすごい美人じゃな。すると、恵まれた環境で育った美人の女から妬みを買ってしまった可能性がありそうじゃ」

たしかに。それはあるかもしれない。ちょっとした美人ではお姫様に勝てないだろう。何かの折に、お姫様とその女が一緒にいて、周りの反応を知って嫌な気持ちになってしまったのかもしれないな。

「話に聞くところによると、お姫様の美しさのひとつは内面から現れるものじゃ。ただ環境が揃っているだけの美人では勝てないのも道理じゃ」

ミリーちゃんは泣き止んで、うんうん、とうなずいている。

「じゃあ。そんなことで強い妬みを持つ女性の念が原因だとしたら、どうしたらいいんですか？」

「そこじゃ。その女性が誰か、分かりさえすれば対策はあるのじゃ！」

やった。とうとう、お姫様を助ける方法に行きついたぞ。

「お願いです。大賢者様。お姫様を助けてください」

ミリーちゃんが手を合わせて大賢者様に頼んでいる。僕も一緒に手を合わせて頼んだ。

「わしだけでは、それはできないのじゃ」

「他に誰かがいれば助けられるんですか」

「おぬしじゃ！」

えっ、僕？　いきなり、そんなことを言われて戸惑ってしまった。

「言ったであろう。妬みを持った女が誰か分かれば対策がある、とな」

「あ。もしかして。その女を予報で探すんですね」

「そうじゃ」

だから大賢者様と予報スキルが必要だったのか。

「それでは、予報してもらうぞ。お姫様という女を妬んでいるのは誰じゃ？」

「……」

「なんで、答えない？　予報スキル持ちなんじゃろう？」

「えっと、誰かって言われると予報スキルは発動しないんですが」

「なんだそれは。ずいぶんとまた、ランクが低い予報スキルじゃな」

大賢者様によると、予報スキルのランクが上がると、「誰か」とか「どこか」とかで予報が発動するらしい。それができるんなら、変な情報屋にだまされたりしなかったのに。

「お前の予報スキルは、まだEランクじゃな。全然ランクアップしていないじゃないか」

たしかに。レンガ積みで土木スキルがDランクにアップしたけど、それ以外のスキルがランクアップしたことがないなぁ。

「では、Eランクの予報スキルでも発動する質問をするのじゃ」

大賢者様は、紙に名前をたくさん書きだした。全部で50人くらいあるだろうか。

「可能性がある女をあげてみた。ひとりづつ聞くのじゃ」

順番に名前を挙げて聞いていく。結果、ひとりだけ、お姫様を妬んでいるという女が見つかった。

ベネックス男爵家の令嬢セレスティーヌ。

「そういえば、最近、婚約を解消したという噂がある女じゃな」

「もしかして、それに私達のお姫様が関わっているの？」

「そうかもしれんな」

確認のために予報で聞いてみた。すると。

「婚約者の伯爵子息がお姫様を見初めてしまって、心変わりしたらしいのか」

「うわぁ、それは妬んでいるなぁ。怖い」

「だけど、何よ。お姫様は婚約者のいる男なんて興味ないのー」

予報によるとその通りで、伯爵子息の勝手な片想いらしい。

「おいおい、片想いで家と家で決めた婚約を破棄してしまうのか、そいつ」

「それくらいお姫様は素晴らしい女性なのー」

ミリーちゃん。お姫様の話になるとえらい断定的な話し方になるなぁ。

「よし。状況は分かったのじゃ。すぐ行くのじゃ」

「えっ、その令嬢のとこに行くんですか？」

「違うのじゃ。お姫様のとこじゃ。ころり病の原因の精神生命体はそこにいるのじゃ」

それじゃ、ミリーちゃんの出身の村だね。ちょっと遠いけど、今から行けば夜になる前につける。

「その前に、支度が必要じゃ」

大賢者様の頭の中には、もうお姫様を助けるプランができあがっているらしい。

あとは、それを実行するだけだ。

大賢者様は、棚にあるものをごそごそと探してひとつの袋を取り出した。

「この袋の中には何が入っていると思う、ミリーとやら」

「えっ、何？　あ、もしかして、空を飛べる魔法道具とかなのー」

「惜しいぞ！　この中に入っているのは、瞬間移動パウダーじゃ」

「瞬間移動パウダー！」

大賢者様によると瞬間移動パウダーとは、高ランクの錬金術で作られた魔法の粉で、粉を舞わせたところに行きたい場所をイメージして入ると瞬間移動できてしまうアイテムらしい。

行ったことがない場所には瞬間移動できないが、一緒に行く人のうちの誰かが行ったことがある場所なら、手をつなぐことで全員が瞬間移動できる。

「ミリーが真ん中で、おぬしが右。わしは左じゃ」

「はい」

「ミリー。故郷の村のこと、しっかりと思い浮かべるのじゃ」

ふたりの手をミリーちゃんが握り、呪文を唱えながら大賢者様が瞬間移動パウダーを前方に舞わせた。

「行くのじゃ」

三人は一緒にパウダーの中に入る。パウダーが眩しいくらいの強い光で輝く。

「うわっ」

あまりに眩しくて、つい声が漏れてしまった。

パウダーの光が薄れてくると周りの風景が見えてきた。そこは山間の村の中にある大きめの広場で、目の前に農夫らしき男が立っている。

「なんなんずら、お前たちは！」

農夫は鍬を刀のように構えた。

「あ、怪しい者ではないんですが……」

何もない所からいきなり現れたのを見られてしまった。絶対に怪しいと思うよな。

「ん？　お前はミリーずらか？」

「あ、おじさん。久しぶりなのー」

そう言えば前に、ミリーちゃんの故郷村は人が少ないから全員が顔見知りだと言っていたな。

「お姫様を助けるために、このおふたりを連れてきたのー」

「お姫様を！　本当か！　助けてくれるずらか!!」

「はい。それで、病気のお姫様はどちらにいらっしゃるんですか？」

「村長のとこの離れずら」

こうしてはいられない。一刻も早く、お姫様に会って病気を治さないと。

「村長！　開けてください！　お姫様を助けることができる方々をお連れしました」

「なんと、本当かっ!!」

　ガタガタと扉のカンヌキが外れる音がして、扉が開く。中から、50代くらいの上品なおじさんが出てきた。村長さんだな。

「こっちのふたりがお姫様を助ける秘術を知っているずら」

　村長に案内されて屋敷の寝室に連れてこられた。青い顔をした女性がベッドに寝ている。

「思った通りじゃ、ころり病じゃな」

「治るかな？」

「わしに不可能はないのじゃ！」

「心強い言葉、ありがたい」

　これからの治療は周りに人がいるとやりづらいので人払いをしてもらう。村長さんだけは残ってもらう。

「おい、そこのちょっと美しい女！」

　お姫様に向かって話しかける。お姫様がすこし反応する。

「そこの。15人のうち2番目くらいに可愛い女」

　お姫様の目がカッと開いた。その瞳は燃えるように赤く、本来の白目部分はどす黒くなっている。

「私はこの国で一番美しいのよ」

　お姫様が上半身を起こし、顔を大賢者様に向けて叫ぶ。

「はて。この国一番とな。そんなことはないじゃろう」

「私は一番、美しいのよ」

　お姫様には全く見えない。怒りの表情でねじ曲がった顔で言い放つ。

「それではなぜ、一番美しいと言われている、その女に取り憑いているのじゃ？」

「一番美しいのは、この女ではない。私なのよ！」

あ、取り憑いた精神生命体と話しているのか。

「さて、お前はその女をどうするつもりじゃ？」

「どうするもこうするもない。こんな女、ただの宿り木よ」

宿り木と言っても、この場合は宿っている方の人間の精神を吸い取って死なせてしまう。

「お前がいるところは、そこじゃない。元の所へ帰るのじゃ！」

「元の所などないわ。ここが私の居る場所よ」

やばい。なんか、黒いもやみたいなのが集まってきた。成仏できない霊か何かだろう。

「こいつは我々の敵。取り憑いて殺してしまうのよ」

般若のような顔になったお姫様の指令で、大賢者様の周りを黒いもやがぐるぐる廻りだした。

「お前は帰るべき場所を忘れてしまったみたいじゃな。わしが教えてやるのじゃ」

「なによ」

「お前は、ベネックス＝セレスティーヌじゃ」

その一言で、お姫様が苦しみだす。喉をかきむしって、のけぞっていく。

「よし。うまくいった。後、もう一発じゃな」

喉をかきむしっていたお姫様の動きが止まり、後頭部あたりから、どす黒い煙状の物が湧いてきて天井に向かって上がっていく。

「ベネックス＝セレスティーヌ、本来の居場所に戻るのじゃ！」

黒い煙状の物が天井を突き抜けて飛んでいった。パタンとお姫様が倒れる。

お姫様は目は閉じた。青い顔は変わらないが、安らかな寝顔になっている。

「これで、もう大丈夫じゃ」

「本当か。もう大丈夫なの」

「ああ。取り憑いていたものは元の所に戻ったのじゃ」

「もしかして、ベネックス男爵の令嬢？」

「ああ。そうなのじゃ」

「男爵家の令嬢がうちの娘に呪いをかけたのか？」

「呪いじゃない。もっとやっかいなものじゃ」

取り憑いていた精神生命体を取り除くには、精神生命体の真名《まな》が必要になる。

普通のころり病は、不特定多数の恨みの念が取り憑くため、真名を知ることは困難だ。

しかし、今回のケースは、ひとりの強い恨みの念が核になっているから、念を送り出している人の名が、その念を中心に成仏できない霊が集まった精神生命体の真名になる。

精神生命体は真名で呼びかけられて指令が与えられると、拒否ができないのだ。

「令嬢はこんなことが起きていることを知らんのじゃ。心の奥底にあったどす黒い心が念を生み出し、ここに送ってきたのじゃ」

村長さんは、衰弱はしているけど、安らかな寝顔になった娘さんを見て安心している。

「本当にありがとう」

「その娘はじきに目を覚ますじゃろう」

「娘を助けてくれてありがとう。お礼をさせて欲しい」

「何。そんな必要はないのじゃ」

大賢者様は僕の手を取り、瞬間移動パウダーを舞わせた。

パウダーは強く光って、ミリーちゃんの故郷村から瞬間移動して、大賢者様の家に戻ってきた。

第15話　もやもやした物を抱えていると力が出せないよね

お姫様は助かったらしい。そんな噂が街にも流れてきた。よかった、よかった。

ミリーちゃんは、昨日は故郷の村に泊まったのだろう。久しぶりに家族と過ごしたようだ。

僕はというと、結局、銀貨3枚、貯金が減ってしまった。ミリーちゃんは喜んでくれたし、良いことしたんだから後悔はしていないけどね。

だけど、やっぱり僕にはそういう大活躍って向いていないとつくづく思う。実際に助けたのは大賢者様だしね。難しいことをするよりも、レンガをコツコツと積んでいる方が合っている。

昨日は、大賢者様の家に戻って、そのまま帰ってきた。

今朝はいつものように、レンガ500個とこねたセメントの前にいる。レンガ積みの現場だ。

「今日はひとり500個、丁寧に積んで欲しいな」

前の無理なことを言う現場監督はクビになって、一緒に仕事をしてきたソニンが監督になったらしい。レンガ積みはあまり上手くないけど、話好きだし友達が多い。うまくやるんじゃないかな。

「ジュートも現場監督をやらないかい」

もう1年前になるかな。僕もそう言われたことがある。

もちろん、すぐに断った。自分がレンガを積むんじゃなくて、他の人の積んだレンガに責任なんて持てないからね。

それ以来、僕はずっと自分でレンガを積んでいる。日曜日を除いて、週6日、毎日レンガ500個。

レンガを前にすると、積まなきゃって思う。ひとつづつ詰むためのレンガの山が減っていくのが妙に気持ちいい。そして、全部なくなって、積み上がったレンガを見ると晴れやかな気持ちになるはずだった……

今日はちょっと変だ。詰むべきレンガがそこにあるのに、なぜか集中できない。

よく言う「心、ここにあらず」って感じになっている。

だけど、毎日レンガ500個をずっと積んできたから、身体が覚えている。心ここにあらずでも、身体が自然と動く。

うん、間違いない。いつもの通り、綺麗にレンガは積めている。

だけど、レンガ積みするときのいつもの感覚が戻らない。

今日は慣れた普通の現場だから大丈夫だ。でも、特殊な現場だったら問題になってしまうかもしれないな。集中しなければいけない状況だと。今はそれができそうもない。

それでも、レンガは綺麗に積まれていく。いつも通りの時間で500個のレンガが積み上がった。

特に今日は、細かく検査をしてみた。しかし、どこにも問題はない。

「レンガ500個の積み上げ、完了しました」

監督官のソニンに報告して、出来上がりをチェックしてもらう。

「はい。ごくろうさん。いつ見てもジュートの積むレンガは綺麗に揃って美しいね」

「そうですか」

「監督官になると分かるんだ。ジュートが積んでくれていると安心感があるのさ」

そう言ってもらえるのはうれしい。だけど、今日はいつもと違って、自分では安心感がない。

「今日の分、大銅貨5枚ね」

「はい、確かに頂きました」

「どうした？　ちょっと元気ないな」

「そうですか」

ときどき一緒に仕事をしたソニンだから、分かってしまうのだろう。微妙な気持ちの変化だから、他の監督官じゃ分からなかったと思う。

まずいな。もし、明日からもこんな気持ちで仕事をしていると、そのうちレンガ積みが楽しくなくなってしまうんじゃないか。もっとしっかりと気合を入れて、レンガ積みをしていかないとダメだ。明日からは心機一転。レンガ積み道を歩んでいく、そう自分に言い聞かせる。

そうだ。今日は黒猫亭に行く日だ。予報屋をするんだ。

そう考えた瞬間に、もやっとした気持ちが晴れてきた。

あそこに行くと、いつもの常連達がいる。いつもの酒と料理がある。そこで過ごす時間は僕にとって、大切な時間なのだろう。

今日、冒険者たちが黒猫亭にやってくるかどうかは分からない。予報スキルの出番があるかどうかも分からない。

でも、黒猫亭には楽しい時間がきっとある。

「よし、片付けも終わったし、黒猫亭に繰り出すとするか」

誰に言うのでもなく、僕はつぶやいて歩き出した。

その夜、黒猫亭はいつもと違って大盛り上がりをしていた。その原因はたったひとりの女性だった。

第16話　無気力の原因って人との関わりがほとんどなんだ

「いらっしゃい」

黒猫亭の扉をくぐると、マスターがいつも通りに大きな声で迎えてくれる。ミリーちゃんはもう故郷の村から帰ってきていた。

マスターの声を聞くとなんか心が温かくなる。ほっとする時間がそこにある。

しかし、今日はちょっと違った。

「ほら、ずいぶん前からレンガ屋さんのこと、あの女性がお待ちだよ」

「えっ!?」

マスターが手で示した方に、白い服を着た若い女性がひとりいた。薄ピンクの髪に蒼い瞳。透き通るような白い肌。たったひとつ、キラキラ光る石のペンダントをしている。すごい美人だ。

一緒のテーブルに座っているのは男性でスーツ姿。

ふたりとも、この大衆的な居酒屋には似つかわしくない、きちっとした服装をしている。

「お、お姫様！」

「昨日は本当に助かりました」

綺麗な女性に接することがまずない僕にとって、お姫様は光り輝いてみえた。

「あ……」

綺麗な女性にどう接していいのか、分からな過ぎて、とまどう。つい無意識にUターンして、入り口から出て行こうとしてしまった。

「なにやっているの！　帰っちゃダメなのー」

料理を運んでいたミリーちゃんに怒られた。

本当だ、僕は何をしているんだ。

「あ、すいません。つい……あ、こんばんはです」

やっと、僕はそれだけ言えた。

するとお姫様がにっこりと笑ってくれる。

だ、だめだ。これには耐えられない。やっぱりUターンして帰りたい。いや、我慢、我慢だ。そんなにことをしては失礼になってしまう。

「今朝、目覚めてからミリーちゃんに聞きました。ジュートさんが私のことを助けてくれたことを」

「大賢者様には口止めされていたけど、ジュートには口止めされてないから、教えちゃったのー」

こそっと、僕にだけ聞こえる声で言うミリーちゃん。嬉しそうに笑っている。

「わざわざ、こんな汚いとこまで来ていただいて。すみません」

「おい！　汚いとこで悪かったな」

マスターが嬉しそうな顔で言う。

「あわわ」

何を言っているのか、僕。もう全く頭が回らないでぼーっとする。美しい女性は、目の前の男の思考力を奪うものだと、この時、初めて知った。

「ワシも娘と一緒に来たんだよ。一言、お礼を言いたくてな」
「村長さん！」
「昨日は娘を助けてくれて、本当に感謝している。ありがとう」
「本当にありがとうございました」
《ピンポーン》
えっ、なんで？　なんで、ここで予報？
《予報スキルDランクになりました》
うわ、何？　ランクアップって何？
大賢者様が僕の予報スキルはEランクとか言っていたな。EランクがランクアップしたからDランクになったということ？
《予報精度が向上しました》
わ、予報精度って上がるもんなんだ。もっと、当たるようになるのかな。
《感謝ポイント報告がプラスされました》
なんだ？　だいたい感謝ポイントって何？
《今回のお姫様ミッションにて320感謝ポイント獲得しました》
あ、もしかして、お姫様たちがお礼を言ってくれたからか。感謝ポイントなら、感謝されたときにポイントが入るってことなのか。
しかし、感謝ポイントなんてものがあったのか。いままで出てこなかったから分からなかったな。
《次のランクアップまで920感謝ポイントです》

えっ、920って、多いのかな。少ないのかな。今回のお姫様ミッションくらいのを3回すればランクアップするのか。

《新しいスキル、『プチ言ったら実現』を習得しました》

えっ、なに、それ？　『プチ言ったら実現』ってなんだよ。だいたい、プチってどういうことなんだ？　もっとわかりやすく説明してくれないのかな。よくわからないよ……。

「どうかなさいました？」

頭の中でいきなりアナウンスが連続して流れたから、僕の動きが止まっていたらしい。

「あ、いやぁ。予報スキルがランクアップしまして」

「それ、予報スキル、聞いています。素晴らしいですわ。私のことを助けてくれたスキルですよね」

「僕がやったことなんて大してありません」

「そんなことないわ。ジュートさんとミリーちゃんが来てくれなかったら、私、どうなっていたか」

「あ、はい」

美しい女性に名前を呼ばれたら、ぞくっとした。いろいろとミリーちゃんから聞いているみたいだ。

「今日は助けていただいたお礼ですので、マスターにいろいろと作ってもらいました」

肉料理をはじめ、メニューにすら載っていないような豪華な料理が出てきた。

貧乏な僕らは、肉料理なんてほとんど食べたことがない。野菜の煮物とかシチューとか安くて量のあるものばかり頼む。こんな豪華な料理、見たことがない。

「うわぁ、すごいっ。マスター、こんな料理もできたのー」

「おいおい。俺がちゃんとした料理人だってこと、知らなかったのか？」

ミリーちゃんが突っ込みを入れる。僕も同じことを感じていたけど、先に言われてしまった。

この日が僕にとって初めて本格的な肉料理を食べた日になった。それも、横に最高に美しいお姫様がいて、僕にお酒をついでくれる。お酒もいつもの薄いエールじゃなくて、いい香りがするワインだ。

僕にとって初めてづくしの体験ばかり。

でも、美しい女性が横にいるから、おいしいと感じる余裕がなかったのは残念だ。

第17話　指名を受けるのは気持ちいいものだな

翌朝。あたたかな日差しと小鳥の声で目覚めた。

清々しい気持ちだ。昨日の朝に比べて、今日はなぜかやる気に満ちている。レンガ500個が気持ち良く完璧に積める気がする。

「なんで、こんなに違うのかな」

昨朝の状況と、今朝の状況の違いを比べてみた。

昨日の朝はお姫様を助けて帰ってきた。結果はまだ分かっていなかったけど、大賢者様が大丈夫だというのだから、それを疑う理由なんてない。お姫様は助かったんだ、と思っていた。

それなのに、もやもやしていた。

昨日の夜に、お姫様が黒猫亭に来てくれて、助けたお礼を言ってくれた。

あ、そこなのか。

「そうか。昨日朝との違いは感謝の言葉を言ってもらったことにあるのか」

確かにお姫様を助けたのは大賢者様だ。だけど、僕だってそれなりに頑張った。それなのにすぐに戻ってきてしまったから、誰にも感謝してもらっていない。

だから、僕はもやっとして、やる気がなくなってしまったんだ。

もしかして僕って、感謝を言ってもらいたくてお姫様を助けたのか……

それだけじゃない、とは思う。でも、それもあるのかもな。

しかし、大賢者様はすごいなぁ。一番感謝されて当然なのに、名乗りもせず戻ってしまう。感謝を求めての行動なんて一切していないということだ。

だけど、感謝の言葉もすごい。僕の気持ちをこれだけ変えてしまうパワーがあるんだ。

そういえば昨日、予報スキルがランクアップしたのは感謝の言葉を言われた瞬間だった。

感謝の言葉を言われると感謝ポイントが貯まるのだろう。その感謝ポイントが一定以上貯まると、ランクアップする。

だから、予報スキルをランクアップするには、感謝の言葉を言われるようにするといいんだ。

おっと、なんか、もっと感謝の言葉を欲しがってしまいそうな僕がいるぞ。気を付けないとね。大賢者様みたいに、感謝の言葉なんてどうでもいいって言えたらカッコいいんだけどなぁ。

「さて。気持ちがいい朝だから、がっちりレンガを積むぞ」

新たな気持ちで500個のレンガを積もう。

そんな気持ちで、土木ギルドに向かった。

「あ、よかった。来た来た、ジュート」

「なんですか、受付さん？」

「今日はね。ジュートに指名依頼が入っているんだ」

「指名依頼？　それはどの現場ですか」

「ほら、ダメ監督官から帰されて、その後行った現場」

あ、あの錬金術士さんのとこか。そこ現場は、いろいろと注文が細かいって言うのはあるけど、錬金術士さんは気持ちいい人。指名依頼か、嬉しいな。

「施主さんに気に入ってもらったみたいでよかったです」

「ああ。気に入ったどころか、絶賛だよ。ジュート以外は寄越すなって言われてるんだよ」

「ああ……あの施主さん、仕上がりをきっちりチェックしていましたからね」

「実は昨日。別の職人を派遣したんだよ。でも、1時間で追い返されちゃってね」

「うわぁ。そんなことあったんですね」

「行った職人が帰ってきてから大変だったよ。ちゃんと積んでいるのにねちねち言われて追い返されたって怒りまくってね」

うーん。その職人、何が悪かったのか。たぶん、職人が考えてするクオリティと錬金術士さんの求めるクオリティに差があったんだろう。

「だから、ジュートじゃなきゃダメなんだ」

「わかりました。行きます」

「おお、行ってくれるか。今日はご指名だから大銅貨6枚な」

「えっ、600個積むんですか？」

「違うよ。大銅貨1枚多いのは指名料さ。レンガはいつも通り500個積めばいいんだよ」

レンガ屋に、そんなルールがあったのか。いままでは指名なんて受けたことがないからびっくりだな。

「いいかい。指名を受けるというのは職人にとってすごく名誉なことなんだよ。施主さんのいうことをよく聞いてしっかりとやってくれよ」

「えーっと……分かりました」

「それと。まだスタミナポーション・ネオが配給になっているから手渡しておくよ」

あ、それは使わない、あれだな。もらって貯めておくとするか。

☆　☆　☆

「あ、ジュート。待っていたよ」

「ご指名ありがとうございます」

錬金術士さんに最高の笑顔で迎えてもらった。やっぱり期待されるってことは、うれしいな。

「やっぱり、ジュートじゃないと駄目なんだ。昨日のレンガ職人はとんでもない奴だった。本当にイラつくんだよ」

「今日はお手柔らかにお願いします」

「なぁーに。ジュートだったら大丈夫さ」

信頼してもらっているのは嬉しい。レンガを積むのはいつもと同じだけど、気持ちがなんか違うな。

でも、今日の錬金術士さんは予想もできない隠し玉を繰り出してくるのだった。

第18話　数じゃないんだよ数じゃ

錬金術士さんの工房の改築現場に着いた。

だけど、ちゃんと確認しておかないといけないことがある。

ちゃんとした仕事はお互いの考えていることを一致させることから始まる。指示の確認無しにお互いが満足いく仕事なんてできるはずがないんだ。

「今日は５００個のレンガを積む予定です。間違いないですか」

「ああ。５００個で間違いない」

「前回は時間が短かったけど５００個積みました。今日は時間が長くても５００個です」

もしかしたら、前回と同じペースで積むことを期待されていると困る。今日は通常のペースでしっかりと確認しながら積みたいからね。

「もちろん、それでお願いしている。合っているよ」

「それで、料金なのですが、指名料が入るので大銅貨６枚になります」

「それはギルドから聞いているから大丈夫だ。もっと多くてもいいって言ったけど、決まりだって言われてしまってね」

「その通りです。５００個積んで大銅貨６枚。了承していただけますか？」

「了承した」

よし、条件は確認はオッケーだ。あ、もうひとつ、聞いておいた方がいいかな。

「あともうひとつ、確認したいことがあるんですけど、いいですか？」

「なんだね」

「昨日の職人って、どこがダメだったんですか？」

「もう全然ダメなんだよ」

「よかったら、その人がやったとこ、見せてもらえます？」

「もちろんさ、ここだ。ね、見てよ。ひどいんだから」

前回、僕がレンガを積んだとこの続きをやっているらしい。

レンガの積み方をチェックしてみる。あーあ、そういうことね。

「たしかにズレがありますね」

「そうだろう」

「だけど、強度的には問題ないと思いますが」

「そうなのか？　ただささ、美しくないだろ。それにもひとつ問題があったんだよ」

「それは何です？」

「テンポだよ」

「テンポ？」

テンポってなんだろう？　そんな顔をしていたら、錬金術士さんが実演してみせてくれた。

「ジュートがレンガを積むとするだろ。こんな感じで積むよね」

あ、身体の動きの真似がうまい。たしかに僕が積んでいる感じが良く出ている。

「昨日の男はこうよ」

うん、そうなるよね、普通。動きに統一感がない。速かったり、遅かったり。

「もう、あいつが積んでいるのを見て、イライラしちゃってさ」

あー、それはそうだろうなぁ。僕が積んでいるのを実況している錬金術士さん、楽しそうだったから。

だけど、他の職人にそういうの求めるのはどうかなと思うけどね。

「じゃあ、僕は僕で普通に積めばいいんですね」

「そうとも言えるね」

「ん？　そうじゃないとこもあるような口ぶりですね」

「実は、ちょっとお願いがあってね」

ヤバ。僕が仕事を受けることが確定した後に出してくるのか。なんか難しいこと言うんじゃないかな。ちょっと怖いな。

「じゃじゃーん!!　これを使って欲しいんだよ」

錬金術士さん、レンガの上にかけられていた布を取り払った。

そこにあったのは、不思議なレンガだった。そもそも、それはレンガなのだろうか。

大きさは、普通のレンガと一緒。だけど透明なレンガなのだ。

それってガラス製のレンガなのかな。それも、透明なものだけでなく、色がついたものもある。

「何ですか、これは？」

「見たら分かるよね。ガラス製のレンガなのさ」

「やっぱりそうでしたか。よく、そんなレンガが手に入りましたね」

「ふっふっふ。錬金術士をなめてもらっては困るよ。全部、私が錬金術で作った特製レンガなんだ」

「ええっ、錬金術でレンガを作ってしまったんですか？」

レンガを作るのは土魔法と相場が決まっている。土魔法は簡単で大した価値のない魔法だと思われている。錬金術になると、魔法よりもっとすごいアイテムづくりができるはずだ。それなのに、そんな錬金術を使ってレンガを作るなんて。聞いたことがないぞ。

「アトリエは上の部分を窓にして光が入るようにするつもりでね」

「あ、1階と2階を吹き抜け構造にするんですね」

「そうそう。で、2階の上の方から光を入れる」

「はい」

「だけど、ちょっと気が変わってね。ガラスレンガにしようと思いついたんだ」

「はぁ」

この人の思いつきはちょっと怖い。普通の人はそんなこと思いもしないよ。「何で、そんなことするの」ってことを思いつきだけで平気でやりそう。

「錬金術は術式を発動するときの精神統一が重要なのさ。だからさ、色ガラスも入れて、光のパワーを採り入れたアトリエにすることにしてみたんだ」

なんか、目をつむって夢見る顔になったぞ。できあがったアトリエをイメージしているのかな。

「えっと、何がしたいかはよくわかりました。今日積むのは、前回積んだカーブのある壁ですね」

「そう。その上の部分。ちゃんと足場も造ってもらったから、できるよね」

うん、しっかりとした竹で作った足場が用意されている。梯子まで掛けてくれているから、安心してレンガを積めるだろう。

「でも、色ガラスレンガを使うとなると、順番が大切になりますね」

「おお、いいところに気が付いたね」

「順番を書いた紙とかないんですか？」

「ない」

「えっ、じゃあどうやって積むんですか？」

まさか、僕のセンスに任せるとか言わないで欲しいな。そういうのは無理だ。とにかく絵は下手なんだから。

「色ガラスレンガの積み方はちゃんと考えてあるんだ」

あ、妙に嬉しそうな顔になった。それも、イタズラを思いついた子供みたいな顔だぞ。もしかしたら、なんかヤバイやり方なんじゃないかな。

「ガラスレンガは全部で２１０個。これを縦に14段、横に15個積んで欲しい」

「はい。レンガ積みなので、縦は半分サイズで凸ったり、凹んだりしますけど、いいですか」

「そうそう。その形で積んで欲しい」

「わかりました。それで、色なんですが」

「分かっているって。１段目を言うぞ」

「えっ、１段目ですか」

「白、白、赤、白、白、黄、白、緑、白、黄、白、白、赤、白、白、だ」

「えっと、白、白、赤・・・なんでしたっけ？」

記憶力にはあんまり自信がないんだよな。いつもは、同じレンガを積んでいるだけだし。そんないっぺんに言われたってわかりっこないよな。

「白、白、赤、白、白、黄、白、緑、白、黄、白、白、赤、白、白、だ」

「えっと、紙に書いてくれませんか？」

錬金術士は、大きく手を広げて顔を横に振る。

「違う！　いいか、レンガ積みはテンポなんだよ。紙を見るなんてテンポが崩れるじゃないか」

「でも、覚えられそうもないんです」

「よし、まずは一段15個分の色を覚える特訓だ」

特訓と言ったときの錬金術師さんの顔がとってもうれしそうだった。どうも、この特訓は前から考えていたんじゃないのかな。ちょっと不安だな。

「頭で覚えようとするな！　身体全体を使うんだ」

「はい！」

「まずは、アクションを覚えろ」

「はい！」

「白は両手を下げる。この形が白だ。やってみろ」

「はい、こうですか」

「よし、いいぞ。手を下げた瞬間に『白』と声に出す」

「はい」

「もう一度、アクション付きで『白』！」

「白！」

こんな覚え方あるんだ。初めて知った。さすが錬金術士さん、頭いいんだね。

「よーし、次は赤だ。右手を頭の先くらいまで上げる、こうだ。そして声に出す。『赤』」

「赤！」

「こんどは、アクション付きで、３つ行くぞ。白、白、赤だ」

「白、白、赤」

「いいぞ、できるじゃないか」

「はい」

「続けて、３つ、白、白、黄」

「白、白、黄」

「そうだ、その通り。黄色は左手が頭の先で正しい。説明しなくても分かるな」

「はい。分かります」

なんとかできるみたいだ。

「今度は15、３つづつくいくぞ。準備はいいか」

「はい。大丈夫です」

「白、白、赤」「白、白、赤」

「白、白、黄」「白、白、黄」

「白、緑、白」「白、緑、白」

「黄、白、白」「黄、白、白」

「赤、白、白」「赤、白、白」

ふう。ひと段落だな。

「よーし、これで15個だ。覚えたか？」

「えーと、どうでしょう？」

「今度は15個を続けてやるぞ」

「はい」

錬金術士さん、深呼吸している。

僕も真似して深呼吸。くるぞっ。

「白、白、赤。白、白、黄。白、緑、白。黄、白、白。赤、白、白」

「白、白、赤。白、白、黄。白、緑、白。黄、白、白。赤、白、白」

「できたじゃないか」

「できました」

不思議だな。身体を動かして、声に出すと覚えることができる。

同じ感じで2段目もチャレンジしたら3つづつを5回やって、その後15個ができてしまった。

「さすがに、頭より身体の方が記憶力いいな」

「それって……」

「気にするな。身体記憶ができるのも才能だ」

「そうなんですか？」

「次は、まず1段目を3つづつ15からの15連続。そして、イメージで15のレンガ積みだ」

「イメージレンガ積みですか？」

「こうやって、色を声に出してレンガを積む形をする」

実際にレンガは持たないけど、持ったつもりでレンガを積むふりをする。そんなやり方らしい。

錬金術士さんが実際にやってみせてくれた。僕も1段目は覚えていたので、やってみた。

「白、白、赤。白、白、黄。白、緑、白。黄、白、白。赤、白、白」

「素晴らしい。正解だ。それも、すごくテンポがいい。レンガを取る前の身体の動かしがシュールだ」

「シュールって……やれって言ったのは……」

「気にするな。それも才能だ」

うーん。才能でごまかされている感じがするぞ。

「よし準備は整った。色のレンガ積みに入る前に私がアクションで15のレンガの色を伝達するから、テンポよく行こう」

まずは普通にレンガを積む。しばらくすると、色エリアは入る。

「白、白、赤」

アクション付きで教えてくれる。僕はアクションと声出しで応える。3つを5セット。その後15を連続で。

これをやった後、ガラスレンガを積むと自然と次が何色か分かる。ガラスレンガだから、取り扱い注意だけど、元々普通のレンガでも丁寧に扱っているから問題ないし。

特訓したり、途中に余計なアクションが入ったりしたから、出来上がるのがちょっと遅くなるかなと思ったら、いつもより早く出来上がってしまった。

どうも、錬金術士さんが色をアクションで教えてくれるテンポをちょっとづつ上げていたみたい。

最後の方はいつもより早いテンポで積んだらしい。

「できたな」

「できましたね」

アトリエの吹き抜けの2階部分のレンガ積みができあがった。

２１０個のガラスレンガと２９０個の普通のレンガ。合計５００個積み上げた。

不思議な色の組み合わせで心地よい陽の光が入る。たしかに瞑想するにはいい感じがする。

「最高の出来だ」

「ありがとうございます」

「こちらこそ、ありがとう」

一緒に素晴らしいアトリエの壁を作り上げた。そんな気持ちがして、とっても嬉しかった。

「よし。祝杯をあげよう」

「えっ、いいんですか？」

「もちろんさ。ただ、あまり酒を飲む店を知らない。どこか良い店、知らないか？」

「安酒場でいいなら、行きつけのとこがあるんですが」

「そこにしよう。今日は、私のおごりだ」

「ありがとうございます」

昨日はお姫様の父上の村長さんがおごってくれた。今日は錬金術士さん。最近、お金払わないで酒飲んでいるなぁ。

「よし、片づけが終わったらいくぞ」

「あ、待ってください。すぐ片づけしますので」

道具を洗って、片づけて。よし、飲みに行くぞぉ〜。

こうして繰り出した黒猫亭。そこには、また別の人がレンガ屋の予報を待っていたのだった。

第19話　予報を使うのは良いことなのか

「いらっしゃい。あれ？　今日は火曜日ですよ」

「ええ。この方に誘われてきました」

「はじめまして。この店の店長さんかな？」

「ええ。俺がマスターです」

錬金術士さん、じっくりとマスターの目を見ている。マスターもしっかり見返している。

「このマスターの料理なら美味そうだ」

そんなの目を見ただけで分かるの？

「魔法関係の方かい？」

「ええ。錬金術士さ」

マスターはだいたい目を見ると何をしている人が分かるのかな。

「ちょっと失礼かも、と思ったけど、こんな物を持ってきたんだ」

錬金術士さんが懐から小瓶に入った黒い液体を出す。

「これは何かな？」

「わからない？」

錬金術士さんは挑戦的な目でマスターを見た。

「味、確かめていいかい？」

「もちろん」

「ん！　もしかして、これは……伝説の調味料ショウユウじゃないかっ。しかし変だな。ショウユウの原産国の東海島国へは行けなくなったはずだ」

「ええ。原産国とは交易がストップしてる。東海の魔物のせいで」

「だよな。これはどうして手に入れたんだ？」

「こんな噂を聞いたことないかな？　伝説の調味料を錬金した者がいるって」

「そんなの噂でしょう……ま、まさか！　本当だったのか！」

「その証拠がこれだよ。もっとも、私は錬金レシピを教わっただけで開発したんじゃないけどね」

マスターは感動して声が出ない。そんなにすごい調味料なのかな。

「この伝説の調味料に合う料理は作れるかな？」

「もちろんだ！　それに合うと言えば、あれだな。30分だけ待ってくれ。素材を用意するから」

「もちろん、待つよ。エールを飲みながらね」

マスターはミリーちゃんにエールを出すように告げると、買い物かごを持って飛び出して行った。

「これ、すごいものなのねー」

「ええ。ある種の料理人にはたまらない調味料なんだ」

伝説の調味料の小瓶を見ていてると、ミリーちゃんがエールをふたつ持ってくる。

「あ、忘れてたの。ジュートさんに、あっちのお客がお話があるって言ってたのー」

ミリーちゃんが手で示したテーブルには、３人の男が座っている。みんな、20代前半くらいか。

ひとりの男と目が合うと、会釈してきたから僕も会釈を返す。

「初めまして。俺は冒険者パーティのリーダーをしてる。ジョブは剣士だ」

「初めまして。レンガ屋をしています」

「レンガ屋？　えっと、予報屋って聞いてきたんだが？」

「あ、すいません。予報屋もしています」

「知り合いの冒険者がここで予報を聞いてうまくいっていると知ってね。俺たちも予報してほしくてやってきたんだ」

「そうですか。ただ、予報屋といってもまだ本格的にやっている訳ではないんです」

「そう言わずに、どうか。俺達にも予報してくれよ。このままじゃまずくてさ」

話を聞くと、彼らはD級冒険者パーティだけど、依頼を続けて2回失敗してしまったとのこと。もう一度失敗するとE級に降格になるという。冒険者ギルドはランク管理に厳格らしい。

「それで予報を、となったんですね」

「ねぇ、やっぱり、予報なんて、よした方がいいんじゃないかしら？」

もうひとりの男が話に割り込んできた。見た目は男だけど、なんか女性ぽい話し方する人だな。

「なにを言うんだ」

「だってぇ、リーダー。予報ってさ、銀貨1枚あったら美味しいごはん食べられるじゃない？」

あれ？　パーティの中で意見が違っているのか。

「あの〜、リーダーさん。パーティの人が反対しているなら、よした方がよくないですか？」

「そんなことはないぞ。ちゃんと意見は一致している」

どうみても納得していない顔。他人《ひと》の金だから、仕方ないって顔になっている。

「とにかく。この銀貨1枚捧げるから、予報をして欲しい」

捧げるって、それ教会のお布施みたいな感覚だなぁ。そういうのと違うんだけど。

「すいません。ちょっと席を外してもいいですか？」

一緒に来た錬金術士さんに了解をもらわないと。奢ってくれる人でもあるしね。

「もちろんさ。マスターが帰ってくる30分後くらいには終わるかな」

「そのくらいあれば大丈夫だと思います」

「ところで、予報屋って何？」

「それは、また後で説明しますね」

どう見ても好奇心旺盛な錬金術士さんに予報屋の話をしたら、長引きそうだ。その話は、マスターが帰ってきて料理が出てからにしよう。

3人の冒険者達の席に予報屋として僕が移った。

そこでランクアップした『予報』スキルの実力が明らかになったのだった。

第20話　ランクアップすると大きな変化が起きるんです

「それでは、予報代として、この銀貨はいただきますね」

テーブルの上に置いてある銀貨に手を伸ばし、もう一度、3人のD級冒険者の顔を見まわす。

この銀貨を出したリーダーはしっかりとうなずいている。さっき反対した女性ぽいしゃべり方の冒険者は顔を背けている。もうひとりの冒険者は、興味津々って感じでこっちを見ている。

予報を行うことに反対する人はいないようだ。もっとも、気持ち的に反対しているのが一人いるみたいけど。

「それでは、何の予報を聞きたいのでしょうか？」

「その前に、聞いていいか。予報って、1回しか聞けないものなのか？」

「あ、違いますよ。20分以内だったら、何度聞いても大丈夫です」

「そうか。それはよかった。いろいろと聞きたいこともあるからな」

「あの……僕も聞いてもいいっスか？」

興味深々で見ていた冒険者さん。たぶん、3人の中では一番若くて僕と同じ18歳くらいだろう。他のふたりは22歳くらいだと思える。

「えっと、予報屋としてはオッケーです。そちらのお二方の了解があればですけどね」

「誰でも予報をしてもらってもいいぞ。パーティに関することならな」

「了解ッス」

お金を出した人となんでも反対しそうな人がオッケーなら問題はないな。

「それでは、最初の予報をしてもらうぞ。冒険者ギルドでの依頼のことだ」

「はい」

「俺たちは明日、新しい依頼を受けようと思ってる。D級のだ。それも絶対失敗できない、後がないからな」

「そうなの。E級には絶対、落ちたくないのよね」

「だから、確実性をあげるために、どのD級依頼を受けたらいいのか、それが知りたい」

《ピンポンパンポーン》「どのD級依頼でも失敗するでしょう」

ん、なんだ？　予報音が変わったぞ。予報は「ピンポーン」じゃないのか？

それと、依頼をひとつづつ、これはどうかな、と聞かないのに予報が出たな。

「おい。それはどういうことなんだ？」

いきなり予報に、完全否定されて、リーダーが混乱してしまっている。僕の予報、なんか変だ。

「俺たちじゃ、D級の依頼は成功ができないというのか？」

《ピンポンパンポーン》「今のあなた達パーティだとE級依頼しか成功できないでしょう」

「ふざけないで！　俺たちはD級パーティなのよっ」

予報に反対していた冒険者が怒ってしまった。やっぱり、言葉使いが女性ぽいな。オネェかも。

「だから、予報なんてのに金を出すのは反対だったのよ！」

役立たない情報に金を出して無駄にしたときの痛い気持ち、僕も経験しているから、よく分かるな。　おっと、いけないいっ、そうじゃない。僕の予報は役立たずなんかじゃないぞぉーーー。

「あの……予報では、今のパーティメンバーじゃD級依頼は成功できないって予報っスね」

「だからさぁ。何んで駄目だってことが言えるのよ」

「予報ですからね」

「予報って100パーセント当たるって言えるのっ」

「えっと、外れることもあります」

「ほら、ハズレるんじゃないっ」

オネェ冒険者さん。ヒステリックに怒りだしてしまったな。これって、僕には昔からよくあるパターンなんだよね。これでいくつの仕事をダメにしたか。

もう、2年前になるけど、レンガ屋になる前にやっていた仕事の件を思い出した。

その頃、僕は訪問販売のお手伝いをしていた。

「いいか。とにかく、今日中にこの商品をみんなで全部売るんだ。売れるまで帰れないぞ」

「はい」

「どうだ？　全部売ることはできるか？」

「「はい」」

《ピンポーン》「半分以上売れ残るでしょう」

「おまえ、やる気がないのか！」

やる気がないんじゃなくて、予報で分かってしまうだけ。結果がね。

「やる気がない奴はいらん。お前はクビだ」

本当を言うと、みんな分かっていたんだろうな。実際は全部売るように指示を出していたリーダーだって全部売るなんて無理なのは分かっていたはずだ。

だからこそ、あの時の訪問販売のリーダーは怒ったんだろう。みんな分かっていても、言ってはいけないことがある。

もしかしたら、この冒険者達も分かっているのかも。今のままじゃ、D級依頼は成功できないって。

だけど、僕はただの予報屋。予報以上のことに口を出すのは違うよね。どんな予報が出ても、結果的に決めるのは、本人たち。部外者がいろいろ言ってもいいことなんてないしね。

「僕もひとつ予報を聞いてもいいっスか」

「おう、聞いてみろ」

興味津々で話を聞いていた最年少メンバーだ。

「それでは。この前、追放しちゃったメンバーを……あ、痛いっ」

「あんた、何を言い出すのよ!」

オネェ冒険者が、頭を叩いた。痛そう。

だいたい追放って、何のことかな?

「邪魔するな。なんでも聞きたいことを聞け。俺が許す」

「でもぉ、リーダー。あの件はぁ」

「分かっている。そのことは。とにかく、なんでも聞きたいことは聞いてみろ」

「それでは、改めまして。予報をお願いっス」

「はい。どうぞ」

「追放した元メンバー、ロンをメンバーに戻したら、D級依頼が成功するんスか？」

《ピンポンパンポーン》「元メンバー、ロンを含めた4人なら、D級依頼は成功するでしょう」

「ああ、やっぱり、そうなるか。だけどよ、今更。ロンになんて言って戻ってもらったらいいんだろう」

リーダーがくっという感じで体勢が崩れ落ちるのをオネェ冒険者がガシッと支える。

「あ、大丈夫っス、、きっと。新入りの僕じゃ無理っスけど、おふたりが頭を下げればきっと戻ってきてくれますって」

「だけどよ、もう、ロンは別のパーティに入ってるだろ。たくさんスカウトが来ているって噂だぞ」

「ロンさんは、D級のどこにも所属していませんっス」

「なんで、そんなこと分かるんだ」

「すでに調査済みっス」

「でも。ランク違いのパーティに入っているかもしれないわ」

「それはないっス。プライド高い、ロンさんっス。E級なんてありえません。C級は無理っス」

あー、そういう話。さくっと聞いちゃったほうが楽だと思うけど。予報に。

新人君も同じ気持ちみたいで僕の方を見ている。リーダーがそれに気づいて自ら質問をする。

「俺たちが頭を下げて謝れば。ロンは戻ってくれるか？」

《ピンポンパンポーン》「戻ってくるでしょう」

おおー。やっぱり。

「ですです。ロンさんだって待っているっス」

「だけどよ。俺はリーダーとして言ってはいけないことを言ってしまったんだ」

「それはお互い様っス。ロンさんもひどいこと言ってましたっス」

リーダーはもう、迎えに行く決心をしたようだ。それまでの迷った顔が、引き締まって、覚悟を決めた顔になっている。

「じゃあ、ロンを迎えに行ってもいいかしら」

「ああ。お前も頭を下げるんだぞ」

「もちろん。ロンが戻るなら頭くらい下げるわ」

あ、決まった。

「最後に、僕がみなさんの予報を聞いていいですか？」

本当は、こういうことに絡まない性格なんだけどなぁ。どうしても、聞いてみたくて。余計なお世話だと思うんだけど、誰かが「聞け、聞け」ってけしかけている気がする。

「なんだ？　予報屋。もうなんでも、予報してくれ」

やった。了解が出たぞ。

「ロンさんが戻った4人のパーティは、いつかC級に上がれますか？」

《ピンポンパンポーン》「3カ月くらいでC級に上がれるでしょう」

やっぱり。というか、なんで時期まで答えるのかな。「いつ」じゃなく「いつか」って聞いたんだけど。予報スキルがD級に上がったら、やたらと性能が上がっている気がするぞ。

勝手に質問した人の気持ちを汲んで答えているのか。

「ありがとう、予報屋。必ず俺たち4人でC級に上がってみせるぜ」

晴れ晴れとした顔でリーダーが宣言した。D級冒険者達は楽しそうに話しながら帰っていった。

第21話　こんなに美味い物があったとは！

「マスター、それはなにー」

戻ってきたマスターが抱えてきた物をみてミリーちゃんが絶句している。

なんと、1メートル近くある丸々と太った魚だ。

「もしかして、マスター。それは伝説のあれか」

「そう。伝説のあれさ」

錬金術士さんとマスターは「あれ」で会話が成立してしまうらしい。

「伝説の調味料ショウユウに合う料理と言ったら、これ以外にあるまい」

「それは正しい。私は中トロを刺身で」

いきなり、錬金術士さん、オーダーしたぞ。

中トロって何だろう。刺身って何だろう。分からないことだらけだ。

「しかし、残念ながらワサビは手に入らなかった。辛みラディッシュで我慢してくれ」

「もちろんだ。ショウユウで中トロが食べられる。そんな幸せがあるなら文句は言えまい」

ふたりはうなずき合っている。マスターは、おすすめ料理が書いてある黒板をすべて消してしまって、『今日のおすすめ　刺身定食』と書き直した。

「あ、僕はその刺身定食お願いします」

「了解した」

マスターがいつもと違う雰囲気だ。

「ジュート。あれはな。魔グロっていう魚だ」

「えっ、魔物の魚なんですか？」

「違うぞ。魔物なんかじゃない。普通の魚だ。しかし、一度食べたら忘れられないという意味では魔物かもしれないな」

すごい。その日暮らしの僕がそんなすごい料理を食べてしまっていいのか。

あまりの美味さに、忘れられなくなってしまったら、これからが大変かもしれないが。

もっとも今日は錬金術士さんの奢り。支払いは気にしないでいいから助かるな。

「いいか、魔グロは高級魚だ。そしてな。私が頼んだ中トロは魔グロの中でも最高のところだ」

「はぁ」

盛り上がっている錬金術士さんに比べて、どうも乗り切れない僕。

「それでは、これから魔グロの解体ショーが始まるのー」

ミリーちゃんが宣言すると店の中にいるお客さん達が騒ぎだした。

「なんだ、なんだ」

いつもとは違う、ぴしっとしたマスターの雰囲気でお客さん達が興味を持って見ている。

「魔グロの解体ショーって言ったぞ」

「なんだ、それ？」

マスターが70センチくらいありそうな細身の包丁を構える。魔グロを大きなまな板の上にどしんと置く。

バサリ。包丁で一気に魔グロの頭を落とす。返す包丁で背ビレの線に沿って左右に切り離された。

続いて骨がついている左側に包丁を入れて骨が付いたまま切り落とす。三枚おろしっていう技法らしい。そこからは小さい包丁に持ち替えて、魔グロが解体されていく。

最後は魔グロが幅10センチほどのレンガサイズの冊になった。

「これが中トロだ」

「おお、うまそうな美しい色だ」

マスターが少しピンクがかった冊を錬金術士さんに取り出して見せる。嬉しそうにうなずいている錬金術士さん。

マスターは別の細い包丁を取り出し、中トロの冊を丁寧に薄く切る。それを平たい皿に盛って錬金術士さんに差し出す。

「どうぞ」

「おう」

皿に盛られた中トロの刺身。小皿には、伝統の黒い調味料、ショウユウが入っていて、辛みラディッシュをすりおろしたものが添えられている。

錬金術士さんは、1枚の中トロの刺身を目の高さにあげて、しみじみ見る。

「本魔グロの中トロ。久しぶりだ」

どんな味がするのだろう。僕にも味見させてくれないかな。

錬金術士は、丁寧にショウユウをつけて、辛みラディッシュを少し盛り、一口でぱくっと食べる。

錬金術士の顔がふにゃーって顔になる。

「なんて甘いんだ。極上の甘さだ」

えっ、魚なのに甘い？　どういうことか分からないけど、錬金術士さんの顔をみれば美味いのは間違いない。

「一切れどうだ」

「はい。いただきます」

錬金術士の真似をして、ショウユウにつけて辛みラディッシュを盛って。

僕は、ばくっと頬張った。

「なんだ、これは？」

《ピンポンパンポーン》「最高級の本魔グロの中トロの刺身。ショウユウと辛みラディッシュ添えでしょう」

ありゃ、勝手に予報が出てしまった。そうじゃなくて、なんで、こんなに美味いんだ。

僕は生まれてこのかた、味わったことがない美味さに驚いてしまった。

その後は中トロ、赤身、そして大トロと、錬金術士さんと一緒に刺身三昧で食べまくった。最後に〆ご飯と一緒に食べた。

「美味いっ。こんな美味いものは、初めてです」

昨日もそんなことを言ったけど、毎日美味い物ばかり食べているな。

「それはよかった。奢った甲斐があるな」

「美味いのは当然だ。最高の素材と最高の調味料だからな」

錬金術士さんも、満足気に膨れた腹をさすっている。

そんな僕らをマスターも満足そうに見ていた。

「しかし、マスターは素晴らしい料理人とみた。なぜ、こんな安酒場をしているのだ」

「すべては、ショウユウが手に入らなくなってしまったのが原因だ」

「なんと。どういうことだ？」

「元々、俺は極東料理の専門家だったんだよ」

あれ。もしかして。ショウユウが手に入るようになると、黒猫亭をやめて極東料理人に戻ってしまうのか。僕にとって、それは困るけどな。

そんなことを思っていると、また入口から、新しいお客さんが入ってきた。

第22話　ネルシャのバッグって高いんですか

「いらっしゃいませ」

マスターが新しいお客さんに声を掛ける。今度はC級冒険者パーティの面々だ。今日はパーティ全員ではなく3人だけのようだ。

リーダーのマセットと女魔法使いのセリル。もうひとりは槍使いだけど、名前は忘れた。リーダーが話しかけてきた。

「あ、予報屋さん。今日もいたのか」

「今日は、この錬金術士さんのお供で来ています」

「じゃあ、予報はお休みだな」

「そうでもなくて、さっきまでやってました」

そんな話をしていたら、マセットの横に立っているセリルがやたらと手に持った物をアピールする。

「えっと、セリルさん……それは新しいバッグですか」

「そうなのよ。見てみて、すごいでしょう」

たしかに今まで持っていたハンドバックは布製でそんなに良い物には見えなかった。今持っているバッグは赤く染められた革製で、ぴかぴかの新品ぽい。

「ネルシャ工房のバッグよ。すごいでしょう」

「えっと、有名なバッグなんですね」

僕は全然知らない。だけど、あんなに喜んでいるところを見るときっと高いのだろう。

「おいおい。そんなに見せびらかすなって。嬉しいのは分かるがな」

そんなに高いバッグなんて買って大丈夫なの？　冒険者って装備に金がかかるって聞くけど。

「それがね。すっごく割安で手に入ったのよ。本当にびっくりするくらいなの」

「まぁ、それも。予報屋さんのおかげだな」

「そうそう。だから、お礼が言いたくて来ちゃった。いないかもって思ったけど」

すると、岩トカゲの予報が当たったってことだな。よかった。

「だけどな、予報屋さんの予報は残念ながらハズレだよ」

「ええっ!?　ハズレでしたか」

前回の予報を信じて、岩トカゲ狩りの依頼を受領して行ってきたらしい。

岩トカゲを探したけど、全く見つからず時間ばかりかかってしまった。あきらめて帰ろうと思っていたとき、大きな群れに出会って、岩トカゲとの戦いが始まった。

目標は予報で出た9匹。最低でも依頼の4匹は狩らないといけない。

岩トカゲは大きな身体のわりにすばしっこくて、鋭い歯を持つ。身体は岩のように固い革に覆われていて、ダメージを受けづらい。

「とにかく、時間がかかる闘いだった。1匹倒すのに30分かかったりしたんだ。結局、倒せたのが7匹。予報より2匹少なかった」

「そうよ。もっと頑張ってくれたら良かったのに」

「おいおい、無茶言うなよ」

9匹の予報に対して7匹か。

「依頼は成功する」って予報は4匹で依頼達成だから、そこはアタリだね。

「だから、予報は半分だけ当たったってことだな」

「あー、半分だけですか。それはすいませんでした」

「何を言ってるのよ、7匹だって十分よ。こちらこそ、ありがとうね」

赤いバッグを大切そうに抱えたセリル。よっぽど欲しかったのだろう。

「では、そのバッグは依頼の報酬で買ったんですか？」

「そんな訳ないじゃない。報酬程度じゃ、とても買えるような値段じゃないわよ」

話を聞くと、岩トカゲは依頼者に依頼数の4匹を渡したらしい。残り3匹をどうしようか迷ったけど、ギルドに引き取りしてもらわなかったらしい。

「実はね。前から、とってもこのバッグ、欲しかったの」

このバッグを売っているのは、ネルシャ工房の販売店。そして、素材が岩トカゲの革なのだ。

だから、ネルシャ工房も岩トカゲの革は欲しいかもしれないと思って、3匹分を持って行った。

工房主さんが3匹分の岩トカゲの革を見て言った。

「これは、岩トカゲ。それも品質のいい革ですね」

実は、ギルドに渡さずに残した3匹のうち1匹はたまたまリーダーの会心の一撃が当たった個体。革が綺麗で、きっと良い値が付くんじゃないかと期待していた。

マセットが工房主と買取交渉をしていると、セリルがチラチラと工房にかかっている、赤いバッグを見ていたことに気づいた工房主は、こんな買い取り条件を提示した。

「どうでしょう。3枚の岩トカゲの買い取り額にあのバッグを付けるというのは、もちろん、買い取り額の金貨3枚はそのまま出しますよ」

「本当!?　あのバッグを付けてくれるの？　信じられないわ。だって、あのバッグはそんな値段じゃ買えないわよね」

「ええ、正規価格では金貨10枚しますよ」

「そうよね。どうして付けてくれるの？」

「正直に言いますね。実はこれ。失敗品なんです」

工房主は、バッグを手に取り、バッグの下の部分をみせる。

「ほら、ここの模様がズレているでしょう」

「えっ、そう？」

言われても、よく分からないわ。ズレの箇所を指でさしてもらって、初めて分かるくらい。

「正式には売ることはできません。そのことは、バッグの裏に印が押されているから分かります」

見せてくれたのは、バッグのブランドプレートの真裏。そこに、Bの印が入っている。

「B級品だから、高級品の買い取り所に行っても買い取りはしてくれません。ご自身で使われるとが条件ならお付けしますよ」

欲しいわ！　絶対欲しいわ!!

セリルはみんなに交渉した。

ギルドの報酬と岩トカゲの買取金の分配をすべて放棄するから、バッグだけ欲しい。

「よし、それならオッケーだ」

マセットが判断して、岩トカゲの革買い取りは、赤いバッグと金貨3枚で決定した。

「そんな感じで手に入れたのが、このバッグってことなの」

「よかったですね」

「それも、予報のおかげね。ありがとう」

《バッグ入手で感謝ポイント3を獲得しました。次のランクアップまで9－7感謝ポイントです》

えっ、そんなんでも感謝ポイントが入るんだ。あんまり多くないけど。だいたい、依頼が当たって報酬がもらえたのに感謝ポイントは入らないのか。

「いえいえ。どういたしまして」

そんな話をセリルと話していた。

すると、横で聞いていた錬金術士さんが話に割り込んできた。

第23話　やっぱり最初のミッションは薬草探しですか

「ちょっとお邪魔していいかな」

魔グロ尽くしを食べ終わって、一息ついていた錬金術士さんが話に入ってきた。

「えっと、大丈夫ですよね、皆さん。あ、こちらは錬金術士さんです」

「錬金術ですか、珍しい。もちろん、歓迎だよ」

「つい、話しを聞いてしまったんだが、『予報』って何かな？」

「あれ？　『予報』は知らないのかい？　予報屋さんのお知り合いだろ」

「うーむ。この人は私から見ると優秀なレンガ屋でして」

話がこんがらがっているので、簡単に僕の自己紹介をしてみた。

「もしもし？　なんで予報が銀貨1枚なのかな？」

「そうそう。ありえない値段だと思うよな」

冒険者と錬金術士さん、なぜか意見が一致している。

「そうなの。私なんて、予報で命は救われたし、欲しいと思っていた高級バッグは手にしたし。予報ってすごい価値があるものだと思うのよ」

「そうだよな。俺らみたいな冒険者だと、まだC級だから金貨1枚と言われてしまうときついというのはあるが、銀貨1枚は格安すぎると思うぞ」

「うーむ。ありえない」

錬金術士さんは、錬金術士として、どのくらいのランクなのかは分からないけど、きっとC級より上な感じがする。話しぶりとかでね。

「だけど、レンガを1日かけて500個積んで大銅貨5枚です。銀貨1枚だと2日分の賃金です。決して安くないでしょう」

ちょっと反論してみた。レンガ屋のお客さんの錬金術士さん、ちょっと困った顔をした。

「えっと。私の立場だといいづらいとこあるんだけど。そんなスキルを持っているなら、レンガ積む必要なんてないって思ったりしないのかな？」

「レンガ積むのは僕にとって天職なんです。やめる気はありません」

「レンガ積みを頼めるのはうれしいことだけど……」

錬金術士さん、頭がぐるぐるしているみたい。複雑に考えすぎている気がする。

「あ、そうそう。その話はおいておいて」

「はい」

「聞きたかったのは、薬草の話なんだ」

「薬草？」

錬金術士さんが僕と冒険者達にそんな話をふってきた。

「薬草のある場所を予報で聞いて、薬草採取を依頼できないだろうかと思ってね」

「錬金術士さん。薬草くらいなら予報がなくても簡単に見つけられるわ」

「あ、ごめんな。薬草と言っても、特別な薬草でして、月向草って名前の中級ポーションの錬金素材なんだ。冒険者なら知っていると思うけど、そろそろ秋の討伐が始まるからね」

「あ、そうか。秋の討伐に向けたポーション作りだね。もちろん僕らも討伐は参加しますよ」

秋の討伐というのは、11月の初旬から2週間に渡って実施される魔物の森の大規模討伐。街の冒険者ギルドに登録している冒険者のうち、D級以上は基本的に参加を強要される。

冒険者じゃなくても、錬金術士だとそれに向けた錬金アイテムを作ることが強要されるのだ。

「そうそう。中級ポーションを頼まれているんだけど、素材の月向草が足りなくて採取の依頼を出しているんだけど、あまり集まらなくてね」

「あ、噂で聞いているよ。D級のパーティが依頼を失敗したと言っていたな」

薬草集めはF級くらいの冒険者の仕事だと思っていたけど、中級ポーション用になるとD級でもうまくいかないほど難しいらしい。

「いえね。いつもなら採取できるはずのポイントで、まったく月向草が見つからなくて。だから、素材不足で依頼の達成ができなくて困っているんだ」

「そうなのね」

「ポーション不足は、討伐の犠牲者増加につながるから避けたいことでね」

「それは大変だ。討伐に参加する俺たちとしても、なんとかしてほしいな」

みんなの目が僕を見ている。

「わかりました。予報をしましょう。銀貨1枚です」

「やっぱり銀貨1枚かい」

みんなあきれているけど、値段は簡単に変えない方がいい。いちいち相手によって値段を交渉するのは僕には荷が重いし。

錬金術士さんが金袋から銀貨をひとつ取り出して渡してくれた。

「銀貨1枚いただきました。それでは質問をお願いします」

こんな形で始まった錬金素材探しの予報。

「それでは質問を行くよ。初めてだから緊張するね」

「はい」

錬金術士さんはふぅと深呼吸をすると、質問を始めた。

「月向草はこの街の近くだと、どのあたりにあるかな？」

《ピンポンパンポーン》「月向草は街に近いところでは黒い森の南部、周辺部から徒歩20分ほどのところにあります」

「あれ、その質問って予報できるの？」

あ、冒険者の皆さんは、予報がランクアップしたの知らないんだっけ。

「できるようになりました。『どこ』や『いつ』、『どれ』なども予報できるみたいです」

「そんなことより、月向草のことだ。やばいじゃないか。黒い森ってあそこだろ」

「そうね。黒い森って、別名、魔物の森って言われてるわ」

普段なら魔物がそんなに多くない場所で月向草は採取できる。だから、それほどランクの高い依頼にはならない。だけど、黒い森にしかないとなると、高ランクの冒険者じゃないと危険だ。

「あなた達は冒険者パーティだよね。黒の森を20分くらい入ったところでの採取はどのくらい危険なのかな？」

「黒い森となると危険が多いな。ただの薬草採取では行きたくはないな」

「そうそう。どうせなら、魔物を討伐する方が割がいいわ」

冒険者としては依頼の報酬が多い方を優先するのは当然のことだろう。

「だけど月向草がないと中級ポーションが作れなくて、討伐のときに中級ポーション無しに戦うことになるぞ」

「それも嫌だわ」

錬金術士さんは、だいたい黒い森の危険性を把握しているみたいで、やはりという顔をしている。

「これは冒険者ギルドを通して、特別な依頼を立てないとダメだね」

本来、中級ポーションの納入価格は決まっている。だけど、素材を入手するのに高額な報奨金が必要となると、通常の納入価格では赤字になってしまうのだ。

「さて、ここは予報を使おう。錬金術ギルドと冒険者ギルド。あと、薬師ギルドと防衛隊も含めて、月向草の入手作戦を私が提案する形で進めようと思う。うまくいかな？」

《ピンポンパンポーン》「うまくいかないでしょう」

え、ダメなの？　なんでだよ。

「はて。それはなぜかな？」

《ピンポンパンポーン》「邪魔をする人が出てくるでしょう」

「やっぱりな。月向草が出回らないのが不自然なんだ。誰か月向草を買い占めているのではと思っていてな。この想定は正しいだろうか？」

《ピンポンパンポーン》「そのとおりです」

なんと。そんなことをしている人がいるってことは……なんかヤバイ敵がいるのかな。

「それはズバリ誰だ、それは？」

《ピンポンパンポーン》「ロマーニア商会のジーン支部長です」

ロマーニア商会は王都に拠点がありこの街にも支部がある商会。その支部長がジーンなのだ。

「「ロマーニア商会！」」

「商会とか疎いので初めて聞きました」

街の商業地区ですら行ったことがなかったジュートにとって、縁がない情報でしかない。

「あの商会が絡んでいるとなると、邪魔される可能性が高いな」

「しかし、なぜ、月向草を独り占めなんてするのですか」

「詳しいことは情報がないから断言はできませんが。ロマーニア商会としては、中級ポーションが出回らない方が都合がいいのかもしれませんね」

「おぉー。なにやら、陰謀の臭いがする話だな」

錬金術士さんは街の商会の専門や力関係、裏世界とのつながりについて情報を良く知っていた。

「それでは、月向草の採取をあまり知られないように進めていくと、うまくいくかな？」

《ピンポンパンポーン》「裏切り者が出てうまくいかないでしょう」

「うわっ、そう来る？」

「やっぱり大きな商会の絡みだとややこしいことになるんだな」

僕の頭で理解できる範囲を超えてしまっている。どうしたらいいのだろうか。

「それでは極秘で進めてくいしかないいな。ここにいる5人だけで月向草の採取を実践するのはうまくいくかな？」

《ピンポンパンポーン》「きっとうまくいくでしょう」

「ちょっと待ってくれ。この5人って。あと2人メンバーがいるんだけど、そいつらにも言ってはいけないかい」

「うーん。どうだろう。知る人が増えると失敗の確率が上がりそうだ。その件は情報を極秘にすることで失敗を避けたい。他のパーティメンバーにはここでの話をせずにいてくれないか」

なんか、錬金術士さん、楽しそうな顔になってきたぞ。ガラスレンガを見せる直前の時のような。

「とにかく、この話は5人だけの秘密にしてほしい。黒い森での月向草採取をギルドを通さずに依頼したい。報酬に関してはお互いの納得する額を出す。受けてくれるかい？」

「うーん。ちょっと予報を聞いていいかな？」

「それもそうだな。どうぞ」

「暗い森での月向草の採取は危険がなくうまく採取できるか？」

《ピンポンパンポーン》「魔物に襲われることはありますが撃退できて、採取もうまくいくでしょう」

「よかった。それでは正式に錬金術士さんの依頼を受けるとしよう」

「はい。それでは、予報を使いながら報酬も決めよう」

「それがいいわ」

そんな感じで盛り上がっている5人だった。

しかし、そんな彼等も予報は万全ではないということを見落としていた。

実はそのやり取りをこっそりと聞いていた客がいたのだ。そこまで見通す力は今のジュートの予報スキルにはなかった。

第24話　新鮮な情報があれば儲けることは簡単なんです

「親分さん。すごい情報をキャッチしたんだ。買ってくれないか」

「あー、お前のすごいは当てにならないからな」

ここは商業地区にある情報屋の一室。強面の男が大きな机に座っている。

そこにやって来たのは、みすぼらしい恰好をしている小柄な男。昨日、黒猫亭にいた男だ。

「今度のは本当にすごいんだって。街の有力者に関する情報だよ」

「どんな情報か知らないがな。前みたいに大銅貨1枚ってならないことを望むぞ」

「大丈夫だって。今日の情報は絶対、銀貨1枚以上の価値はある情報なんだ」

強面の親分は、あまり信じていないような顔で話を聞いている。それは、どんな小さな情報でも、しっかり聞くのが強面親分の信念だからだ。

小柄男が今、話しているのは、昨日、黒猫亭で盗み聴きをした話。

「だから、錬金術士がC級冒険者を使って薬草探しをするらしいですよ」

「それがどうした。冒険者の薬草探しなんて別に珍しくもないだろう」

「えっ、そ、そうなんですか？」

「誰かが誰かを使って素材集めをしたところで、俺にいいことがあるのか？」

「えっと……だけど、すごい話だろう」

強面親分は、もうあきれてしまっていた。やっぱり、この男は使えないと。

しかし、いかに新鮮な情報をゲットできるかが情報屋を続けていけるかどうかの分かれ目になる。街のあちこちにある情報を集めてくれるこういう奴らは、ある意味宝でもある。

そういう意味で、大した意味がある情報ではないけど、こうやって情報を持ってくる男を大切にはしないといけない。

「やっぱり、今回も大銅貨1枚の情報だな」

「ええーーっ、あ、待って。もっとあるんだ」

「何があるんだ？　言ってみろ」

「そういえば、ロマーニア商会って言ってた」

「は？　ロマーニア商会がどうした」

ロマーニア商会の名前を出したら、親分の表情が変わった。

そう。国境の街のロマーニア商会のことはすでに報告を受けている。

もちろん、そんなことを顔に出すことはない。

「えっと、たしか、ロマーニア商会が邪魔するとかなんとか」

「はぁ？　ロマーニア商会がなんで薬草採取を邪魔するんだよ。意味がないだろう」

「えっと、なんだっけなぁ～」

「ロマーニア商会というのはファッション系の大手商会だ。それも今、ブイブイ言わせている絶好調な商会だ。そんなところが薬草採取の邪魔なんてしないだろう」

小柄男は必死に思い出そうとしている。

きっと、うろ覚えなのだろう。

「あ、思い出しました。買い占め。たしか、錬金術士が中級ポーションを作るために必要な薬草を手に入れようとしたら、ロマーニア商会が買い占めしていたって言ってました」

「おい。それは本当か」

「思い出しました。ジーンって男だ。支部長のジーンがポーション素材を買い占めしているんです」

そんな話がすでに噂になっているのか。

その噂は役立つな。この状況でどう動くと俺たちの利益になるのか。

それは関連情報を集めてから判断すればいいことだ。

「いや、この情報は銀貨1枚どころじゃない。金貨1枚の価値がある」

強面の情報屋は、今、手に入れたこの情報をどう活用しようか、頭を巡らしていた。

ロマーニア商会の味方をするのか、敵に回るのか。それとも、無関係を装って、漁夫の利を狙うのか。面白そうな情報が転がりこんできたと、密かに喜んでいたのだった。

第25話　労働者に中毒が蔓延していているらしい

土木ギルドにやってきたら、いつもの受付さんがいた。

「ジュート。今日は、何度か行ってもらっている錬金術士さんのアトリエだよ」

「分かりました。だけど、最近、ここにくる労働者が減っていませんか？」

普段ならこの時間には今日の仕事をもらいに労働者が5、6人くらいいるものだ。

だけど、今日はいない。最近、他の労働者を見ていない気がする。

「調子を崩す労働者が多くてな。金もない奴らだから、病院にも行けず教会で預かってもらっているよ」

「そうだったんですか。どんな具合なんでしょう」

「いや。よくわからない。体がだるいと言って、仕事をやる気にならないと言うんだ」

「それはおかしいですね。僕もちょっと見てきますね」

何か悪いことが起きているんじゃないかと思って、近くの教会に向かった。

「あら、ジュートさん」

教会には、なんとお姫様がいた。

「どうして、ジュートさんはここに？」

「実は土木ギルドでここに労働者の病人がいると聞いて来ました」

「あ。そうだわ。ジュートさんはレンガ屋さんもしているのよね」

「はい。病人に会わせてもらえますか」

「もちろん、いいわ」

教会の倉庫には、藁布団がたくさん置いてあり、そこには10人ほどの労働者風の男が寝ている。その中の数人はレンガ積みを一緒にやったことがある男だった。

ひとりに声をかけてみた。

「大丈夫ですか」

「おまえ。誰だ？」

「えっと、前に一度レンガ積みの現場で一緒になったことありましたよね」

「そうか。一緒に働いたことあるのか。それより、あれ。もってないか」

「あれって何です？」

「土木ギルドで配られていたポーションだよ」

「あー。ないですね」

宿に置いてあるから、今は持っていない。

僕が持っているスタミナポーション・ネオは全部で4本。

そんな話をしたら、どうも、まずそうだ。

「誰か持っている奴、知らないか」

「あー、知らないですね」

とぼけてみた。あのポーションを欲しがっているのは分かる。だけど、あれをあげれば治るとは思えない。

「どうかしら？」

「元気ないですね。辛そうなのは分かるの。辛そうです」

もしかしたら、あのポーションが関わっているのかもしれない。

「そうなの。辛そうなのは分かるの。どうしたらよくなるのかが分からなくて」


もう少し、お姫様から話を聞いてみないと。

「似た症状の人、他にもいるんでしょうか」

「ここにいるのはごく一部の人。この街だけでも何百人と似た症状の人がいるわ」

僕はお姫様にポーションの話をしてみると、驚いたように詳しい話を聞いてくる。

僕は予報で聞いたら、危ない感じがあったので飲むのをやめた話もした。

「そのポーション、預からせていただけませんか？」

「もちろん、いいですよ。飲む気も誰かに渡す気もないですから」

お姫様はそのポーションがあれば、もしかしたら何か対策が用意できるかもと思ったらしい。

「薬師さんなら、そのポーションから直す薬、作れないかしら？」

《ピンポンパンポーン》「薬師では無理でしょう」

うーん、簡単には行きそうもないな。

「薬師さんでは駄目なのね」

「あ、もっと可能性がありそうな人、知っています」

「誰かしら？」

「錬金術士さん」

「錬金術士さんならこの病気を直すアイテムが作れるかしら？」

《ピンポンパンポーン》「錬金術士だけでは無理でしょう」

「残念だわ。無理みたい」

「あ、無理と言ってるけど可能性がありそうな予報ですね」

「えっ、そうなんですね」

錬金術士だけでは無理ってことは、他に協力をしてくれる人がいたら可能性があるということかもしれない。

「錬金術士さんにプラス誰かいたら、成功するのかもしれません」

「あ、そういうことですね。他に誰か手伝ってくれる人知りませんか？」

「ここは、ひとつ。予報で探しましょう」

「そんなこと、できるんですね」

「はい。この病気を治すには錬金術士さんと他に誰か必要ですか？」

《ピンポンパンポーン》「大賢者がいれば可能性があがります」

「困ったわ。大賢者様ですと、見つけるのも大変かもしれません」

「あ、ひとり知っています」

「えっ、本当ですか！」

そうだった。お姫様は大賢者様のこと知らないんだった。

「錬金術士さんと大賢者様は、僕から協力を依頼してみましょう」

「お願いしますね」

今度の休みにも大賢者様を訪問してみよう。

第26話　何もない日常こそが幸せなんだと思う

僕は教会から錬金術士さんの工房に移動した。レンガ積みの仕事があるから。

錬金術士さんのことだから、今回もどんな隠し玉を用意しているのかと思っていたら。

「今日はこっち側を積んでください」

「どんな風に積んだらいいんでしょう」

「普通に積んでくれればいいですよ」

えっ、普通？　普通に500個、積むだけ？

錬金術士さんは、どんどんとハードルを上げていくイメージがあったから「普通に」と言われて肩透かしにあった気分。どうも今日の錬金術士さんは忙しいらしい。

こういう時こそ、気を抜いてはいけない。ごく普通のことを完璧に仕上げる。そんな繰り返しこそが信用につながるものなんだ。

「ありがたいな」

普通のレンガ積みなのに、僕を指名してくれる。それこそ、信頼の証。感謝の気持ちを持って、レンガをひとつ、また、ひとつと積む。

積み上がったレンガの壁を見て、「うん、完璧だ」と安心する。

まずは、100個、積んだ。まだ疲れていないから、続いてもう100個。

もし、いい感じで積み上がった。一度、休憩しよう。ふうっ〜。ちょっと早いが昼食にしよう。いつものパンと水で昼食を食べる。

さて、残りは300個。休憩を挟まずに、一気にいってみようかな。

そうだ、錬金術士さんに言われてたんだ。

テンポだ。テンポを意識して、積んでみよう。

レンガ・レンガ・レンガ
ガラスレンガを積んだ時みたいに、音とアクションを取り入れてみた。残念ながら、全部同じレンガだから、ちょっと寂しいけど。

レンガ・レンガ・レンガ
うーん、全部レンガだとバリエーションが少ないな。

レンガ・レンガっ・レンガぁーー
音だけ変えてみた。なんか、イマイチ。

レンガ・レンガ・レンガ
やっぱり、こっちがしっくりくる。気持ちいい気がする。もちろん積み方はどれも完璧さ。

レンガ・レンガ・レンガ・完璧！

3個積んだら、チェックのために完璧を入れてみた。ちょっとテンポが変わって、ちょっと楽しいかも。完璧アクションは右手を握ってガッツポーズだ。

レンガ・レンガ・レンガ・完璧！

レンガ・レンガ・レンガ・完璧！

うん、今日は残り全部、これのテンポでやることにしよう。

レンガ・レンガ・レンガ・完璧！

レンガ・レンガ・レンガ・完璧！

レンガはどんどんと積み上がっていく。すごくいいテンポな感じがする。

レンガ・レンガ・レンガ・完璧！

レンガ・レンガ・レンガ・完璧！

そんなことをしていたら、やたら速く積めてしまったぞ。予定より2時間も早く積み終わってしまいそうだ。

レンガ・レンガ・レンガ・完璧！

よし、これで今日の予定500個が完了と。

まだ完成していないアトリエで、何かの下準備をしている錬金術士さんに報告した。

「終わりました」

「おや。ずいぶんと早いね」

外に出て、新たに積んだ箇所の確認をしてもらう。

「おお、素晴らしい。やっぱり、指名をするだけの価値がありますね」

「はい。ありがとうございます」

「テンポが一段と感じられるように思います」

「はいっ」

褒めてもらうのはやっぱりうれしい。テンポよく積むのは正解だな。

錬金術士さんのとこで積む時は緊張する。どんな無理難題を言ってくるか分からないから。

だけど、普通に積むのもまた良しだね。

「あ、そうだ。今夜また黒猫亭でC級冒険者達と会う約束をしているんだ。予報屋さんも来てください」

「分かりました」

指名料込みの大銅貨6枚をもらって、宿に帰る。

そういえば、土木スキルがDランクに上がってから初めてまともに普通のレンガ積みをしたな。Dランクになると、レンガ500個積むのがずいぶんと楽になった気がする。

たぶん、今なら1日でレンガ1000個積める気がする。

明日のレンガ積みの現場で実際にどこまで積めるか試してみようかな。いや、いきなり1000個を積もうとするのはリスキーだな。そうだな、700個くらいなら、今日のテンポで積めるはずだから、そのあたりでチャレンジしてみよう。

そんなことを考えていたら、いつの間にか夜になった。そろそろ黒猫亭に行く時間だ。

さて、冒険者と錬金術士さん。どんな話になるのかな。それも楽しみだな。

第27話　黒い森は危険がいっぱいあるという

「いらっしゃいませ。皆さん、お待ちだよ」

いつものようにマスターが迎えてくれる。奥のテーブルには2人のC級冒険者と錬金術士さんが座っている。

「あれ？　昨日よりひとり少ないですね」

「もうひとりは用事があるというので、今日はふたりで来たんだ」

リーダーのマセットと女魔法使いのセリルだ。

「黒い森のマップを買ってきたぞ」

「そんな物があるんだね。どれどれ。なかなか詳しく書きこんであるな」

興味深々って顔で錬金術士さんはマップを見ている。

「ああ。冒険者用のマップだからな。詳しくないと命に係わるんだ」

大きい羊皮紙に描かれた地図には、大木とか蒼い岩とか、目標になる物が記載されていて、その近辺で遭遇する可能性がある魔物が書き込まれている。

「マップによると黒い森は魔物化した野獣が多いね。ワイルドボアとか、ビックホーンとか」

「ああ。黒い森は魔素が強くてな。魔物は黒い森の中心に行くに従ってさらに強くなって、中央部だとB級魔物も出現する。そこまでは危険すぎて俺たちでも行けないな」

地図を前にして、ひとつひとつ説明していく。

「予報で言っていた月向草が採取できるのは、どのあたりかな?」

「この辺りだ。だからC級魔物が少しとD級魔物が出るエリアとなっている」

リーダーの話しぶりだと、もうだいたいの作戦はできているみたいだ。

「それでは正式な依頼の条件の話をしよう。月向草を最低10束は欲しい。成功報酬は金貨5枚。もし、10束以上の月向草が採取できたら、追加で10束金貨3枚で引き取ろう。ただし。採取したすべてを他のところには持っていかないと約束して欲しい」

「もちろんだ。その条件で受けよう。ただ、冒険者ギルドに出ている黒い森で達成できそうな別の依頼があったら一緒に受けてもいいか」

「もちろんだ。かえって、その方がありがたい。君たちが黒い森に行く理由が隠せるからな」

リーダーと錬金術士との間で依頼の詳細は決まったらしい。そろそろ、僕の出番かな。

「それでは予報屋さん。ギルドの依頼を受けたらいいか予報して欲しい」

「はい。もちろんです」

「では、予報料の銀貨1枚だ」

「えっ? もう、錬金術士さんからもらっていますから」

「いや、これは別の予報だ。料金が掛かるのは当然さ」

「わかりました。ありがとうございます」

別料金をもらってしまったから、しっかりと予報をしないとだね。

「月向草を採取するのと同時に、黒い森の漆黒イタチ2匹の依頼は成功するか?」

《ピンポンパンポーン》「弓矢を2人以上が携帯すれば、成功するでしょう」

「よし、弓矢だな。うちのパーティなら3人は弓矢が使えるから、そのうち2人に持たせよう」

「次いくぞ。月向草を採取するのと同時に、香木採取の依頼は成功できるか？」

《ピンポンパンポーン》「香木は見つからないでしょう」

「やっぱり、そうね。黒い森にあると言われているけど、そう簡単には見つかるものじゃないのね」

「むむ。では、これはどうだろう。地図屋の黒い森の情報提供。成功するかな？」

《ピンポンパンポーン》「一部分の情報になるので、成功としては認めてもらえないでしょう」

「ダメか。まぁ、依頼ではなく、直接、情報を持っていけば買い取ってくれるかもしれないな」

《ピンポンパンポーン》「銀貨4枚で買い取ってくれるでしょう」

「よし、それならば情報を詳しくメモする物を持っていくとしよう」

そんな依頼まであるんだ。そうやって集めた情報がマップになるのだろう。

「大蜂のハチミツ採取の依頼はどうだ？」

《ピンポンパンポーン》「大蜂の巣を見つける可能性はありますが、確実ではないでしょう」

「ん？　そんな予報も出るんだ。どっちなんだ？」

「さぁ？　どっちもありうるって予報ですね」

「これも、依頼を受けずに採取できてから、ギルドに持ち込めばいいか」

黒い森、および、そこにいる魔物や採取できる物に関する依頼はそれだけらしい。うまく行きそうなのは、漆黒イタチだから、その依頼を明日受けて黒い森に行くと決まった。

「黒い森の月向草がある辺りで、何か危険なことが起きることはあるかな？」

《ピンポンパンポーン》「中央部にいる赤駆竜と遭遇する可能性があります」

「ええっ、赤駆竜はB級だわ。怖いわ。もし出会ってしまったらどうしたらいいの？」

《ピンポンパンポーン》「赤駆竜は嗅覚によって獲物を認識するので、臭い粉が有効でしょう」

「おおー、そんな手が。臭い粉なら道具屋で売っているから、用心のために買っておこう」

「それがいいですね」

だいたい予報を聞くのが終わったと感じたのか、セリルが口をはさんでくる。

「もし、漆黒イタチが3匹以上狩れたら、今度は毛皮の首巻ゲットできるかしら？」

《ピンポンパンポーン》「毛皮の首巻はゲットできないでしょう」

「あら、残念。首巻欲しいのに」

ネルシャのバッグと同じように……そんな都合の良い話が続けて起きることはないらしい。

「そうそう。リーダーさん。もうひとつ予報で聞いておいてほしいんだが」

錬金術士さんが話に割り込んできた。

「なんでしょう」

「月向草は、どのくらい採取できるのか、を聞いて欲しい」

「あ、確かにそうだな。昨日はどのくらい採取できるかは聞いていなかったな」

「そうそう。どのくらいか気になっているんでな。多ければ多いほどいいんだが」

「それでは、今回の黒い森の冒険で、月向草は何束くらい採取できるかな」

《ピンポンパンポーン》「30束くらいは採取できるでしょう」

「おお、そんなにか。それはありがたい。それだけあれば十分な中級ポーションが錬成できるな」

10束で金貨5枚に追加10束で金貨3枚だから合計で金貨11枚。予報どおりなら、すごいね。

「もし、全部うまく行ったら、明日の夜、またここで祝杯をあげよう。私のおごりで」

「「やったー」」

相変わらず、太っ腹な錬金術士さん。こうして、この夜の予報の依頼は終わった。

この日もまた、錬金術士さんの奢りだった。マスターの新作だという「肉じゃが」を食べさせてもらった。ほくほくしたじゃがいもに伝説の調味料がたっぷりしみて美味かったぁ～。

第28話　ドワーフ製は、もしかして贅沢なのだろうか

今日はいつもより早起きをした。レンガ積み700個チャレンジの日だから気合を入れないと思って。

もうひとつ、仕事の前に行こうと思っているところがある。それは土木道具屋さん。

レンガ積みをするときバルモルをレンガの間に載せるためにコテを使う。いままでは土木ギルドの人が他の材料と一緒に用意してくれたコテを使っていた。

だけど、今はお金に余裕ができたから、マイ・コテを持とうと考えた。

正直言うとギルドの用意してくれるコテはあまりメンテナンスがされていないと思う。時々、曲がったコテに当たってしまうこともあって、使いづらいと思っていたりする。

コテの値段がどのくらいするのかは知らない。でも売っている所は聞いておいたから大丈夫だろう。お店は僕ら土木作業員が現場に入る前に買えるように、朝早くから開いているから便利だ。

「ここが道具屋さんか」

「いらっしゃいませ」

おや、店員さんがかわいいぞ。歳は僕と同じくらいかな。丸顔で笑顔がかわいい女性。

土木作業員のためのお店だから店員はきっと、おっさんだと思っていたのにびっくりした。

「今日は何をお探しですか？」

「えっと、コテを見たいんですけど」

店員とはいえ若い女性に声を掛けられるとドキドキしちゃう。慣れていないからなぁ。

「どんな用途のコテでしょうか」

「あ、レンガ積みをするときに使うコテなんです」

「それなら、こちらに並んでいます。ご覧ください」

女店員の後をついていくと、何やらふわっと良い香りがしてドキドキしてしまう僕がいる。

「ここから、ここまでがレンガ積みに使うコテです」

コテがたくさん壁に掛けられていて全部で50はある。良く見てみるとひとつひとつ形が違う。

「こんなにあるんですね」

「はい。ここに来る職人さんはこだわりがある人が多いのです」

「どれがいいのか分からなくて迷ってしまいます」

「私がお選びしましょうか？」

あー、選んでもらうのもいいけど、やっぱり自分で選びたいな。

「大丈夫です。なんとか」

自分で選んで最後に予報で確認だ。気に入っても、使いづらくてはダメだからね。

「そうですか。それなら、分からないことがありましたら、なんでも聞いてくださいね」

「ありがとうございます」

まずは、大きさだ。別に大きな物である必要はないな。数を作るなら小回りが利いた方がいいから、ギルドが用意してくれるコテより一回りだけ小さいのがいいと思う。

「そのあたりのコテはスピードを重視する方、もしくはディテールを重視する方に好評です」

うん、やっぱり、このあたりのコテで正解だな。だけど、大きさで絞り込んでも、まだ10本もあるぞ。10本の違いはというと、値段か。一番良いコテになると、金貨1枚と銀貨2枚か。すごく高い！　僕のレンガ屋の1か月分の賃金じゃないか。なになに、鋼鉄製だと書いてあるな。

さすがにそれは無理だ。そのふたつ下のランクのこれがいいかな。

【ドワーフの匠が丹精込めて鍛え上げた逸品】

そのコテは鋼鉄製ではなく、鉄製だけどやっぱりいい感じがする。値段は銀貨で3枚。

同じ鉄製のコテだと安いのは銀貨1枚からある。

だけど、ドワーフ匠印のコテはなんか、品格があるというのかな。オーラが違うというのかな。

端々にこだわりを感じる仕上げになっているな。

「あ、それに目を付けましたか。いいでしょ、それ。さきっちょの尖り方、素晴らしいですよね」

「うーん、いいですね、これ。だけど高いです」

「確かに値は張りますが、いい道具を持つと仕事が丁寧になるといいます。このコテを買った方が仕事が丁寧だと褒められたと、うれしそうに報告にきたこともあるんですよ」

たしかに。このコテを使えば仕事が丁寧になるのは間違いない。丁寧なだけではなくスピードも上がるだろうなぁ。だけど、予算オーバーだ。

本当のことを言うと、銀貨1枚くらいでなんとかならないかって思ってきた。たしかに、ギルドで用意してくれているコテよりは良い品が銀貨1枚で売っている。

でも、ドワーフ匠の逸品を見てしまうとそっちを選べなくなってしまう。

「うーん、予算オーバーですね、欲しいんですけど」

「ちなみに予算っておいくらくらいですか？」

「出せて銀貨2枚です。本音は銀貨1枚でなんとかならないかと思っていました」

「もう、お分かりだと思いますが、銀貨1枚のもありますけど……これを見てしまうと選べませんよね」

うう、商売上手だな。道具に対する愛情があるのかも。ただの売り文句のように感じないし。

「どうでしょう。初めて来店してくれた記念にこれをお買い上げいただくというのは」

やっぱり女店員さんの勧めもドワーフ匠印がついたコテだ。

「銀貨3枚ですか……」

「わかりました。特別に銀貨2枚と大銅貨8枚に値引きしましょう」

「えっ、値引きしてくれるんですか？」

「ただし、他言無用ですよ。他の人に言われても値引きはしませんから」

「なぜ、僕にだけ値引きしてくれるんですか？」

「わたしには道具の声が聞こえるのです。この人に使って欲しいとアピールしています」

えっ、そうなの？　たしかに、そんな声が聞こえる気がする。

おっと、いけない。もし、コテがそう言っているのだとしても、僕に使いこなせないと仕方ない。

ここは、予報でしっかりと確認しておこう。

「このドワーフ匠印のコテは僕に使いこなせるでしょうか？」

「もちろんですとも」

あ、先に女性店員さんに答えられてしまった。

《ピンポンパンポーン》「このコテを持てばレンガ積みのクオリティとスピードは格段にアップすることでしょう」

「えっ？」

女店員さんびっくりしている。自分で質問しといて自分で答えた。変に思われても仕方ないよね。

「あ、なんでもありません。やっぱり、このコテが僕に合っているとこを確認しただけです」

「へぇ、不思議な確認の仕方ですね。だけど、素晴らしい相性ということですね」

「はい」

よし、決めた。このドワーフ匠印のコテにしよう。今週だけで、予報の銀貨が3枚手に入っているから、これを買っても大丈夫だ。そのうえ、仕事が捗るなら、元は確実に取れるから。

「これ、ください。銀貨2枚と大銅貨8枚ですね」

「はい。お買い上げありがとうございます。わーい、うれしいっ、とコテが言ってます」

コテを手に取ってみた。初めて手にしたとは思えないくらいしっくりと来る。これで今日はレンガ700個積みにチャレンジしてみるぞ。

☆　☆　☆

土木ギルドに着くと、いつもの受付さんが声を掛けてくる。

「ジュート。また錬金術士のアトリエ現場から指名が来てるよ」

「あ、すみません。今日は別の現場にできませんか？」

「なんだ、もめ事でもあったのか？」

職員さん、心配そうな顔をした。クレームの多い施工主だと思っているんだろうなぁ。

「いえいえ。そうじゃないんです。だけど、今日は別の現場で試してみたいことがあるんです」

「なにを？」

「レンガ700個積めるかの挑戦なんです」

今度は受付さん、嬉しそうな顔になる。

「おっ、やっとやる気を出してくれたか。ジュートならもっと積めると前から思っていたよ」

へぇ、認めてくれていたんだ、僕のこと。それはうれしいな。

「今までは、出来上がりのクオリティが気になって数を増やせなかったんです。だけど、数を増やしてもクオリティーを落とさなければいいと気が付いたんです」

「うんうん。ジュートなら、きっとできるよ」

そこまで言ってもらえるんだ。やっぱりコツコツとレンガ積みしてきたかいがあったな。

「だけど、正直な話をすると錬金術士さんのとこだと、クオリティーチェックが半端ないので他のとこで試してみてから、錬金術士さんのとこに使ってみたいんです」

「あ、分かるよ、分かる。あの人のチェックは並みじゃないから。職人泣かせの人だからね」

ある邸宅のレンガ積みの現場を紹介してくれた。ちょっとお金持ちの方のとこだから、なかなか広い邸宅だ。

今日は職人2人でレンガ積みする予定の現場だったけど、ひとり追加することくらい簡単だということで、僕もそこでレンガ積みをすることになった。

作業開始の10分前に現場に入る。まだ誰も来ていない。

現場は既に10段くらいレンガを積んである状態だ。長方形の邸宅で長い方の一辺は20メートルくらいある。これなら3人で積んでも他の人の邪魔にはならないな。

しばらくすると職人風の40代のおっさんがやって来た。

「おっ、今日から入るレンガ職人だね」

「はい。よろしくお願いします」

「こちらこそ、よろしくだ。私がこの現場の親方だ。なんでも今日だけで700個も積むと言ったんだって？」

僕のことを上から下までじろじろと見ている。初めて一緒に仕事をする人だから、心配なのかもね。

「はい」

「大丈夫か？　速くてもいいかげんな積み方だったら、容赦なく不合格にするからな」

「もちろんです。厳しくチェックをお願いします」

「わかった、では道具はあそこにあるのをどれでもいいから使え」

親方の指さす方向には、道具や材料が一所に集められていて、コテが5本ほど用意されている。

「あ、今日は、自分で用意したコテを使うので大丈夫です」

「マイ・コテだと？　生意気な。熟練したレンガ職人はな、どんな道具でもしっかりした仕事ができる奴のことを言うんだ」

うーん。なんか頑固そうな親方だな。参ったな。

「実は今日、初めて、自分のコテを買ったんです。だから、早く使いたくてしかたないんです」

「そうか。それは分からんでもないな。そのコテ、見せてみろよ」

「はい。ちょっと待ってください。これなんです」

「うわ、なんだこれ。ずいぶんといい品だな」

「ええ。すごいでしょ。ドワーフ匠印です」

しみじみとコテを見ている親方さん。自分も欲しいと顔に書いてあるよ。

「まぁ、とにかく。いい道具を持ったなら、いい仕事をしてくれよな」

そんな話をしていたら、もうひとりの職人も来て、今日の作業員3人が揃った。一緒にセメントと砂と水を混ぜて、バルモルづくりが始まる。

「よし、お前は700個。俺たちは500個。しっかりと積むように。レンガ積みスタートだ」

さて、新しい道具での初めてのレンガ積み。頑張るぞっ。

既に積んであるレンガの上にバルモルを薄く敷いていく。

「すごい」

思ったような形に自然とバルモルが盛れていく。いままでだったら、多いとこ少ないとこが出てしまうから、コテで修正するのだけど、このコテを使うと思ったとおりに盛れてしまう。

「早いうえに綺麗だ」

たぶん時間でいうと、70パーセントくらいの時間で盛れた。もしかして、このコテを使うと無理しなくても700個くらい積めてしまうのかも。

実際どうなのか、いままでと同じくらいのペースのつもりで１００個積んでみた。他の人の進行状態を見ると、60個～70個、積んだ状態だ。

もしかして、もう少しスピードアップできるのかな。今度は、速く積む事を意識して。ただし丁寧さは忘れずに１００個積んでみた。

あれ、他のふたりはまだ50個前後しか積めていない。

もしかして、倍速でも問題ないのかな。

今積んだ１００個をチェックしてみる。それも、錬金術士さんになった気分でチェックする。

「いいねぇ。テンポが感じられる。完璧だ」

レンガを積む積む積む。バルモルを盛る盛る盛る。それを繰り返したら陽が高くなっていった。

「おーい、そろそろ、昼休憩しようか」

「「はーい」」

親方さんの号令で昼食の休憩に入った。

「どうだ、調子は？　ずいぶん積んでいるじゃないかい？」

「はい、午前中で４５０個です」

「ええーーー」

親方さんが積んだのは２５０個くらいだろう。半分ほど積んだから昼休憩になったのだと思う。

「すごいな。どれどれ。ほう。積み方もきれいだ。バルモルのハミ出しもないし」

「でしょう。このコテ最高です」

コテを見せびらかしてみた。もちろん、コテだけではないんだろうけどね。

「ちょっと、それ、貸してくれないか」

「嫌です」

「だよな」

食事が終わって、午後の作業に入る。

ペースが速いのは同じなので、残り250個を積むのにそれほど時間はかからない。

「おわった。なんと2時間弱早く終わってしまった」

まだ親方達はレンガを積んでいる。100個以上は残っている様子だ。

「親方、終わりました」

「もう終わったのか。700個だよな」

「はい。確認していただけませんか」

「よし、やろう」

確認も「完璧だ」の言葉を頂きました。

「こんなに速く完璧に積めるレンガ職人は初めて見た」

親方に最高級の誉め言葉をもらってしまった。それは、ちょっと言い過ぎだと思うけど。

ただ待っているのも暇だから、賃金大銅貨7枚をもらって早く帰ることにした。もちろん、後片づけと、コテのメンテナンスは完璧にやった。

「今日は1日ごくろうさん」

ドワーフ匠印のコテに話しかけてみた。返事はないけど、嬉しそうだなと感じた。

さて、困った。

明日は、錬金術士さんのとこでレンガ積みをするつもりだったけど。７００個は余裕だから、何百個にしたらいいのかな。まさか、１０００個なんていきなりできないしね。

明日、ギルドの職員さんと相談して決めることにしようか。

第29話　美人の予報依頼だと緊張するなぁ

今日は予報屋の日じゃない。だけど、ミリーちゃんから連絡があって、一人だけ予約が入ったみたい。それも美人さんだって。

Ｃ級冒険者さん達もくるみたいだから、ちょっと早目に黒猫亭に行くことにした。

「いらっしゃませ」

店内はまだオープン直後とあってお客さんは誰もいない。マスターは仕込みをしてるのか、包丁で野菜を切っている。

「まだ来ていないみたいですね」

「そろそろ来ると思うのー」

「そうですね。どんな感じの人です？」

「とっても綺麗な女性なのー」

「へぇー。綺麗な女性ですか」

「あ、来たのー」

店の入口の扉が開いて一人の女性が入ってきた。

髪が長くてすらっとした長身な女性だ。ワンピースを着ている。

「あ、こっちなのー」

ミリーちゃんが呼びかける。彼女が依頼者らしい。

「こんにちわ」

「こんにちわ」

彼女、すごくスタイルがいい。バストが大きくて、ウエストが引き締まっている。ナイスバディっていうんだろうか。

その上、バストを強調するように大きく開いた服を着ている。だけど、下品な感じじゃなくて上品な感じ。なんかいい匂いもしているし。

あんまりジロジロ見たら失礼かなって思っていたら、逆に僕のことをじぃーっと見て言った。

「初めまして。クレアって言います」

「あ。僕はジュートです」

予報のお客さんでちゃんと自己紹介する人って初めてだ。服装もお洒落だし、きっと良いとこのお嬢さんなんだろうな。

「ジュートさんが予報士、で間違いないかしら」

「はい。ここで予報をしています」

なんか、戸惑った顔をしているぞ。なんだろう。

「ごめんなさい。予報士って占い師みたいな仕事かなって思っていたので、普通の作業着だったのでちょっと驚いてしまって」

「あー。占い師じゃなくて予報のスキルを持っているだけの男なんです」

「そうなのね。私、ちょっと勘違いしていたみたい」

「予報ってどういうものか、分からないですよね。あ、どうしましょう。予報はしますか？」

「もちろん、お願いするわ。私、今、すごく迷っているの」

「どんなことでしょう」

「仕事のことなの。今、ある仕事をしているの」

「はい。どんな仕事か聞いていいですか？」

「できれば、それは…」

「あ、大丈夫ですよ、言わなくても。僕が答えを出すんじゃなくてスキルが出すだけなので」

「では、今の仕事ということでいいかしら。そして、もうひとつ仕事の誘いがありまして。条件はいいんですが、全くやったこともない仕事なので、うまくできるか心配なの」

「すると転職の相談ですね」

「はい。もし、新しい仕事が私でも、うまくいくなら、挑戦してみたいの」

「僕の予報は責任重大ですね」

「お願い。予報してくださいっ」

「分かりました。まずは銀貨1枚お願いします」

「はい、これで」

葉っぱで四角に包まれたものを出してくる。中を確認すると銀貨が1枚入っていた。やっぱり、上品な方だなぁ。

「はい、確かに。それでは予報します。質問を思願いします」

「私が新しい仕事をするとして。うまくできるでしょうか」

《ピンポンパンポーン》「あまり、うまくいくとは言えないでしょう」

「ええっ。それじゃ新しい仕事はやめた方がいいってこと？」

《ピンポンパンポーン》「新しい仕事はあなたの運命を新しい方向へと誘う出会いさきっかけを与えるでしょう」

「えっ、新しい仕事をした方がいいってこと？」

《ピンポンパンポーン》「新しい仕事することであなたの運命の輪が回りだすでしょう」

「運命の輪！　もしかして、白馬に乗った王子様が……」

あら、クレアさん。黙ってしまった。なんか夢見るような表情になっているぞ。なんて、声を掛けたらいいのか、微妙だなぁ。

「決めたわ！　新しい仕事をするって。簡単にはうまくできるようにならないかもしれないけど。もしかしたら、そんな私をこっそりと見守ってくれている男性がいたりして。私が辛くて涙を流してしまったら、そっとハンカチをそっと差し出してくれるんだわ」

ありゃ。もう、予報はいいのかな。何が起きるのかは、ご自分で判断できてしまっている感じだな。想像力豊かな女性みたいね。

第30話　月向草採取の依頼結果はどうなった？

クレアさんの予報が終わったのと同時くらいにC級冒険者パーティのメンバー達が黒猫亭に入ってきた。

「！」

「お、ジュート。すごい美人さんとデートかい」

「マセットさん、違いますよ。予報の依頼をしていただいたお客さんです。今、終わったとこなんです」

「はじめまして。私、クレアっていいます」

「これは、ご丁寧に。俺はマセット。よろしく」

「マセットさん達は、今日は月向草を採りに行っていたんですよね。結果はどうでした？」

「それがな。大成功だったんだよ。まずな、依頼のあった月向草は32束も採取できた。予報どおりだ。ありがとう」

《感謝ポイント2を獲得しました。次のランクアップまで9－5感謝ポイントです》

おおっ、感謝ポイントが入ったぞ。本当に感謝してくれているんだな。とってもうれしいな。

「それだけじゃないぞ。漆黒イタチの依頼達成で金貨3枚もゲットできた。ありがとう」

《感謝ポイント1を獲得しました。次のランクアップまで9－4感謝ポイントです》

「それはすごいですね。やりましたね」

「本当は、それ毛皮屋さんに持って行きたかったのに」

セリルがあきらめきれないって顔をしている。

「だから、漆黒イタチは2匹は依頼で必要なんだ。それ以上獲れたらって話だっただろう」

「そうなんだけどさ」

「だいたい、セリルも弓を持っていったのに、全然ダメだったじゃないか」

「それは言わないでよ。弓は得意じゃないんだから〜」

まるで、掛け合い漫才みたいなマセットとセリル。ふたりは本当に仲がいいんだなぁ。

「おふたりは、もしかして恋人同士なんですか？」

「何を言うんだ。こんなじゃじゃ馬、恋人のはずないだろう」

「じゃじゃ馬って何よ。失礼だわ」

ありゃ、違ったのか。だけど、不思議とふたりとも嬉しそうにも見える。今は違うけど、未来はどうなるかな。

あ、絶対口に出してはいけないな、これ。予報が出たら結果がどっちでも大騒ぎになりそう。

「他にも魔物退治をしたんだけどさ。これがまた、他の素材採取の依頼に使えるのがあってさ。今回の冒険は、錬金術士さんの依頼ひとつとギルドの依頼3つ、同時にクリアしたんだ」

「そうなのよ。これも、予報のおかげよね。本当にありがとう」

《感謝ポイント4を獲得しました。次のランクアップまで9－0感謝ポイントです》

セリルも感謝の言葉を言ってくれた。ふたりで感謝ポイント7だね。感謝されるって、気持ちいい。

「今回はギルドの依頼が中心じゃなかったら、冒険者のランクアップの為のポイント稼ぎにはならないと思っていた。だけど、普通より多いくらいのポイントが入ったよ。ありがとうな」

《感謝ポイントーを獲得しました。次のランクアップまで909感謝ポイントです》

「いえいえ。こちらこそ、感謝してもらってうれしいです」

「今回は6人で金貨19枚にもなったんだ」

「あれ？　パーティは5人じゃなかったんですか？」

「狩人ジョブの彼を連れて行ったんだ。僕らだけでは漆黒イタチが狩れるか心配だったからね」

狩人だと言う男が会釈をした。

「だけど、漆黒イタチは2匹だけだったの。残念」

セリルは漆黒イタチにこだわっているなぁ。まぁ、理由は明確だけど。

「あ、ちょうど錬金術士さんも来たぞ。これから月向草の採取成功を祝って、祝杯をあげることになっている。もちろん、予報屋さんも参加するよな」

「もちろん、よろこんで」

「あ、クレアさんも一緒にどうかな？」

「私も仲間に入れてくれるのかしら」

「もちろん！　美人さんは歓迎さ」

「美人だなんて。ご一緒させてもらいますわ」

僕と錬金術士さん、冒険者パーティの6人と飛び入りのクレアさんも入れて全部で9人のグループになった。

「それでは、今回の冒険の成功を祝して、乾杯！」

「「「「「「乾杯！」」」」」」

リーダーのマセットの音頭で乾杯をした。

テーブルの上には、串焼きや野菜の煮込みに混ざって、マスターご自慢の刺身がある。もちろん、錬金術士さん特製のショウユウの小皿が添えられている。

「そうそう。地図屋のおやじさんも喜んでいたよ。詳しい黒い森情報が得られたって」

それを言ったのは、臨時参加の狩人さんだ。

「それはセリルのお手柄だな。細かくメモしていたもんな」

マセットが褒めている。

「だって、それだけで情報料がもらえるって予報が出ているのよ。がんばるわよ」

「じゃあ、それも予報屋さんのおかげか。もひとつ、ありがとうだな」

《感謝ポイントーを獲得しました。次のランクアップまで908感謝ポイントです》

うわ、また1感謝ポイント。予報屋って、すごく気持ちがいい仕事かもしれないね。

「そうだ。忘れていた。私からもお礼を言わなくてはいけなかったんだ」

今度は、錬金術士さん。

「えっ、なんでしょう？」

「冒険者の皆さんにも感謝しているけど、やっぱり今回の月向草採取を成功に導いてくれた予報屋さんの存在は大きい」

「そんな。ただ予報しただけですし」

「いやいや。その予報がこうして、大きな結果につながったんだ。実は今、錬金術ギルドのレンタルアトリエを使っていてな」

「あ、まだアトリエ完成していませんものね」

ちょっと今日、レンガ積みの指名依頼をさぼってしまったのが心苦しいけどね。

「そう。だから、レンタルアトリエで中級ポーションを作るために、月向草を持っていったんだ。それを見て、錬金術ギルドのギルド長が直々に来てくれたんだ」

「ギルド長さんが。それってすごいことですよね」

「すごいことだよ。それほど、錬金術ギルドでも中級ポーション不足が話題になっていて。あれだけの月向草が集まるとは、ギルド長もびっくりしていたよ」

たしかに32束ってすごいことなのかも。もっとも、月向草1束でどのくらい中級ポーションができるのは知らないけどね。

「ギルド長からお褒めの言葉をしっかりといただいた。そんなことは初めてだ。これも予報屋さんのおかげだな。ありがとう」

《感謝ポイント26を獲得しました。次のランクアップまで882感謝ポイントです》

おおっ、感謝ポイント26だって。すごい感謝の度合いだね。ギルド長のお褒めの言葉がうれしかったんだろうなぁ。

「それはよかったです。錬金術ギルドのお手伝いもできたってことですね」

「そうだよ。すごいお手伝いだよ」

感謝の言葉の嵐だ。予報屋冥利につきるって奴だね。

☆　☆　☆

宴会はすごく盛り上がっていた。特にマセットとクレアさんは一緒に話しながら飲んでいた。マセットが今回の武勇伝を語っているみたい。みんな楽しそうに話している。

僕はいつも予報をする奥まった席にひとりで座ってそんなみんなの姿をぽーっと見ていた。

「予報って、本当にみんなを幸せにすることができる素晴らしいスキルなんだな」

今さらながら、予報スキルのすごさに気づかされた。

すると、ミリーちゃんが、僕がひとりで飲んでいるのに気づいて、こっちにやって来た。

「ジュート。ひとりで飲んでいるのー？」

「うん。どうも、宴会っていうのは苦手なんです」

「そうなのー？」

「前から宴会で酔っぱらったりすると、思いがけないところで予報が出たりして、気まずくなることが多かったんです」

どうしてもお酒が入って酔いが回ると、みんな口が軽くなるというか。思いついたことを僕に質問したりするからさ。

「あー。そうなのねー」

だから、宴会状態になるとそっと抜け出して、隅っこで飲むのが癖になっている。

「そうそう。わたしからもお礼を言わないとねー」

「なんのです?」

「ジュートが予報屋をするようになってから、チップが増えたのー」

「そうなんだね」

「冒険者さんって、依頼が成功すると気が大きくなってチップが増えるのー」

確かにそれはあるな。

大金が入るっていうのもあるけど、成功した喜びを分かち合いたいのもあるんじゃないかな。だから、チップもたくさん配ったりするんだろう。

「今もね。みんなからチップもらっちゃったのー。これもジュートのおかげ。ありがとう」

《感謝ポイント2を獲得しました。次のランクアップまで880感謝ポイントです》

おっ、また感謝ポイントも入った。ミリーちゃんも喜んでくれているんだ。よかった。

《感謝ポイントの蓄積が200を越えました。プチ言ったら実現が起動します》

え、何、それ?

《実現したいことを言ってください》

えっ、急にそんなことを言われても。

《エッチなことでもオッケーです》

「ええー、エッチなこと?」

いけない、驚きすぎて口に出してしまった。ミリーちゃんも驚いているぞ。

《プチ言ったら実現、「エッチなこと」を受け付けました》

「えっ、ちょっと待って、違うんだ」

「えっ何が違うの？」

ミリーちゃんが、僕の言葉に反応してしまった。どうしよう。

《「エッチなこと」を実現します》

ど、どうなってしまうんだ？　あれ、ミリーちゃんどうしたの？　なんで、僕の膝の上に？

「ジュート」

おいおい、ミリーちゃん。そんな上目づかいで見上げちゃ駄目だよ。

「ねえねえ、ジュート」

えっ、こんどはセリルかっ。みんなの輪から抜け出して、僕の方に来た。

なんで胸元のリボンを外そうとしているんだ？　そんなことをしたら、肌があらわになっちゃうじゃないかっ。

「いつも私のこと、助けてくれるジュートにお礼しなきゃ。ね、どんなことして欲しい？」

あ。僕の手をにぎって何を言ってるの。セリルさんが変になってしまったのは、僕のせいじゃないんだよ。

「ジュート。わたしのことを見てねぇ」

あー、今度はミリーちゃん。

「クレアもお礼をしたいわ。なんでもするから…言って」

クレアさん。そんなに服の首元を下げると、僕の所から、胸元が覗けちゃうじゃないの。ヤバイ、やばすぎる！

いきなりハーレム状態って、どうしたらいいんだ。恋愛経験がない僕にはこんなこと初めてでどうしたらいいのか全く分からない。

だいたいさ、他の男のお客さん達が見たら、変に思うだろう。マセットだっているんだし。

あれ。誰一人、こっちを見ていない。おかしいでしょ。

女性が3人とも僕のとこに来ているんだから。クレアさんを気に入っていたマセットだって、気にするのが普通じゃない。

あ、駄目だって、セリルさん。ロープを脱いじゃ。ミリーちゃんも、なんで服を脱ごうとしているのか？　わー、どうしようっ。あ、クレアさん、見えちゃうって！

《プチ言ったら実現、「エッチなこと」を完了しました》

えっ？　おしまい？　それだけ？

セリルさんは服の乱れを直して冒険者パーティのみんながいる席に戻っていく。その後に続くクレアさん。

僕の膝の上に乗っていたミリーちゃんは降りてテーブルの前の椅子に座った。

「本当にありがとうね」

あれ？　今のエッチなことはスルーして、何事もなかったように前の話に戻るの？

今の行動はミリーちゃん達にとって、どういう解釈されているんだろう？

謎だらけだけど、《プチ言ったら実現》の効果はなんとなく、分かった気がする。

次に《プチ言ったら実現》が起動したら気をつけないと。

第31話　用意周到な敵を相手にするのは困難が伴うよね

「錬金術士さんから連絡があって、指名依頼を取り消してきた」

「ええっ、どうしてですか？　何か僕、ミスしたんでしょうか」

前回のことを思い出しても、特にミスをしたとは思えない。

「いや、こっちの原因ではなく、向こうの原因らしい。どうも盗賊に入られて大変らしいんだ」

「盗賊？　何を盗られたんでしょう？」

なんか、嫌な予感がした。

「なんども、採取したばかりの錬金素材だと言っていた。薬草の一種だと」

「やっぱり……」

月向草が盗まれてしまったみたいだ。

「すいません。今日の仕事はお休みにします」

「それはいいが。錬金術士さんのとこに行くのか？」

「はい」

「あんまり邪魔するなよ」

職員さんには、ただのレンガ積みだと思われているから、僕が行っても役立つはずないと思っているみたい。役立つことができるかどうか分からないけど、居ても立ってもいられない。

「それでは行ってきます」

「おいおい。錬金術士さんはな、レンガ積みの現場にはいないぞ。あ、行っちゃった」

☆　☆　☆

錬金術士さんのアトリエ建築現場に着いた。だけど、そこには誰もいない。

「あ、ここはまだ建築中だから錬金術アトリエとして使われていないよな。すると、どこで月向草が盗まれたのか分からないのか」

困っていると、レンガの部分に手紙が張ってあるのが目に入った。僕が字を読めないって知っているらしく、絵で「レンガ屋さんへ」と描いてある。

手紙の中を見ると、地図になっていて、矢印で行く場所が示されている。ここにいけばいいらしいな。とにかく走って、目的地まで行ってみる。

「あ、予報屋さん。いいとこに来てくれた」

目的地に着くと錬金術士さんが喜んで迎えてくれた。

ここは、錬金術ギルドのレンタル工房らしい。警備官が来ていて、盗難の状況を調べている。

「月向草が盗まれてしまって。今、どこにあるか教えて欲しいんだ」

「わかりました。質問してください」

錬金術士さん、考えている。どうすれば、予報になるのか考えているのだろう。

「それじゃ、質問です。月向草は今日中に取り返すことはできますか？」

《ピンポンパンポーン》「今日中に月向草を取り返すことは不可能でしょう」

「なんと。ダメか。不可能？　なぜ不可能なんだ？」

《ピンポンパンポーン》「盗まれた月向草はこの街にありません。王都に向かっています」

「なんだと。どういうことだ？」

《ピンポンパンポーン》「ロマーニア商会の早馬で王都に向かっています」

「なんだと。それでは、今からじゃ追いつかないということか」

　万事休す、か。やられたな。

「盗賊はロマーニア商会に雇われた者たちか」

《ピンポンパンポーン》「雇われてはいないけど、ロマーニア商会が指示をしているでしょう」

「やっぱりな」

「どうします？」

「あの月向草はあきらめよう。レンタル工房はギルドの所有だから、ギルドから保障はでる。中級ポーションを作ることはギルドの要望でもあるしな」

　あ。採取にかかったお金はなんとかなるんだ。でもな。

「あきらめてしまうんですか？」

「ああ、あの月向草はな。だけど、ロマーニア商会に一泡吹かせてやらないと気が収まらない。もう一度、月向草を採取してもらうんだ」

「うまくいきますか？」

「それも予報して欲しい。あの冒険者パーティに頼めば黒い森で再び月向草が採取できますか？」

《ピンポンパンポーン》「黒い森には月向草を採取している人達がいます。今から行っても見つからないでしょう」

「なんだと。そこまで手が回されているのか。どうしたらいいのか?」

《ピンポンパンポーン》「月向草採取なら、白鷹の森で採取できるでしょう」

「おおっ、別のところならあるのか。よし。そこに行ってもらおう」

そんな話をふたりでしていると、話に割り込んできた男がいる。

「月向草が採取できる場所?　それはこちらで対応させてくれないか」

「あ、ギルド長!」

「そこでの月向草の採取は錬金術ギルドが全面バックアップするぞ。さらに、中級ポーション作成を依頼してきた冒険者ギルドもだ」

なんか、話が大きくなってしまった。連絡を受けたマセット達のパーティメンバーや冒険者ギルド長もやってきた。

そんな状態を見ていた錬金術士さん。素朴な疑問を口にした。

「でもさ。こんなに事が大きくなってしまって、大丈夫なのかね」

《ピンポンパンポーン》「C級以上の冒険者が12人以上参加すれば、邪魔する相手を撃退できるでしょう」

「12人集めればいいってことだな。冒険者ギルドの全面バックアップだから可能だろう」

この日、急遽集められた冒険者は総勢32人。ほとんどがC級だが、B級が3人、D級が8人含まれている。前回参加したマセット達も入っている。

今回現場指揮を執るのは、B級剣士のギリアム。冒険者ギルド長と錬金術ギルド長。あと、錬金術士さんと僕の5人で作戦会議が開かれた。

僕の予報をベースにどのような配置をするのか。採取が終わって、中級ポーションを作って配布するまで。すべてが予報をベースに計画が作られていく。

「すると、他にも月向草が採取できるポイントがあるということですな」

《ピンポンパンポーン》「現在、月向草が多く採取できるポイントは全部で4か所あります」

「よし、そのすべてに冒険者を派遣して、採取をしまくろう」

30分ほどで計画が決定し、すぐに作戦が実施された。敵の動きを抑えるためには、素早い行動に限る、とのギルド長達の意見が採用された。

僕には、今回の予報代として金貨1枚が手渡された。

第32話　感謝はされてもポイントが入らないのはどうしたことか

「月向草大量採取作戦の成功を祝して、乾杯！」

冒険者ギルド、錬金術ギルド共催の祝賀パーティが作戦実施の日の夜に開催された。

関係しているだけで60人にもなる大規模作戦だった。結果、作戦通りに月向草を大量に採取することができた。

「これで中級ポーション不足は解消になりますね」

僕はパーティに参加している錬金術士さんに聞いてみた。

「いや、それは無理だろう。せいぜい普段の討伐月の流通量の半分になるくらいだ」

「その程度なんですか？」

「その程度って。大した量なんだよ、それでも。中級ポーションがほとんど流通してなかったんだからね」

今回の作戦で街の近くで採取できる月向草はほぼ採取しつくした。このあたりでは、月向草はもう当分採取できそうにない。

「では、残りの分はどうするんですかね」

「すでに、王都をはじめ、あちこちの街で中級ポーションの買い入れが進んでいるみたいですよ」

「うん。それなら、安心ですね」

「それで邪魔していたロマーニア商会はどうなんですか？」

「予報だけでは証拠にはならないからね。今は証拠集めをしています」

さすがに、相手も簡単に尻尾を出すこともないだろう。盗賊がロマーニア商会の指示で動いたことを証明するのは困難かもしれないな。

「頭にきますね。ロマーニア商会って」

「なに、今回の件でロマーニア商会も相当、損を被っていますから」

「そうなんですか？」

「中級ポーションの買い占めやあちこちで月向草を採取したり。そうとう経費が掛かっているはずですよ。高く売るつもりだったんでしょうが、中級ポーションが出回ってしまったら、それも出来なくなりますからね」

今回の作戦は、不当に買い占めをする商会に損をさせて、他の連中に似たようなことをさせないのが目的だ。

「今回の功労賞はあなたです。関係者を代表してお礼を言わせていただきます。ありがとう」

《感謝ポイント5を獲得しました。次のランクアップまで845感謝ポイントです》

今の錬金術士さんも含めて今日だけで多くの人に感謝の言葉をもらった。その度に感謝ポイントを獲得した。中には、感謝の言葉を言っていても、ポイントが入らない人がいる。気持ちと言葉が合っていないとそうなるのでは考えている。

「明日はうちの工房のレンガ積み、やってくれますか？」

「もちろんです。明日は普通のレンガ積みなら1000個積みにチャレンジします」

「おおっ、そんなに。それだと予定より早く完成できそうです」

今日は結局、月向草採取作戦が気になってレンガ積みはしなかった。今日の分も含めて、明日は2倍の1000個積みにチャレンジするのだ。

「あ、いたいた」

ワインのグラスを持ったマセットが僕に声を掛けてくる。マセットと一緒にいるのは、僕より少し年上かな。

「この男は私の先輩の冒険者で、B級なんだ」

「あ、もしかして。あなたが今回の作戦の予想をした人ですか？」

「予想ではなく、予報です。月向草が採取できる場所を予報しました」

『予報』を「予想」と言う人が多いな。今日だけで彼で3人目だ。他にも「占い」や「予感」と間違って言う人もいた。その度に予報と言い直しているけど、面倒くさいんだよな。

「そのうち、私も黒猫亭にお邪魔して、予報をお願いできるだろうか？」

「はい。黒猫亭の予報屋では30分で銀貨1枚で予報していますよ」

「ずいぶんと安い。これは利用しない手はありませんね。ぜひお願いしたいと思います」

予報屋のお客さんがひとり増えた。まぁ、本当に予報を受けにくるかどうかは来てくれるまではわからないけどね。

でも、僕の予報には銀貨1枚以上の価値があるとB級冒険者にも認めてもらえたってことだからね。とてもうれしい。

第33話　大賢者と錬金術士のコンビはどうなのか？

教会のスタミナポーション・ネオ中毒患者がいる部屋。

最近、患者が増えていてもうベッドが足りずに床にも藁が敷かれて、患者が寝かせられている。

そこから少し離れた離れの部屋にはふたりの男がいた。

錬金術士と大賢者。

中級ポーション作成がひと段落ついた錬金術士が大賢者に連絡を取って、来てもらったのだ。

「これが中毒の元になったポーションじゃな」

「ええ。スタミナポーション・ネオと言う名前らしいんだけど、正体が不明なんだよ」

「お主、錬金系の鑑定スキルは持っておるかの」

「もちろん、ある、それなりにな。錬金に関わる素材やアイテムなら、ほぼ鑑定に成功してきたんだが」

「そんなお主でも、このポーションは分からないというんじゃな」

「錬金とは別の手法で作られたポーションなのかもしれないな。ちなみに大賢者さんはどうなんだ？　鑑定スキルは持っていると思うが」

「それが不思議と鑑定できないんじゃ。何か、特殊なブロックが掛かっているとしか思えんな」

魔法やアイテムづくりのプロがふたり集まっても、スタミナポーション・ネオの鑑定はうまくいかない。今までふたりが見てきた色々なポーションと全く違う物だと考えるしかない。

「これの解毒剤を作るなら、よっぽど試行錯誤をする覚悟がないと無理じゃな」

「私も同じことを考えていたんだ。やってみるしかないと」

「それでは、最初はこれじゃな」

「それは？」

「リバース粉じゃ。主に解毒ポーションを作る際に使われるものじゃ」

「なんと。初めて見るものだな」

「あまり知られていないが、なかなか強力な素材じゃな。元の毒に混ぜて少し待つだけじゃ」

「そんな便利な素材があったとは！」

濃紺でサラサラな砂状の素材。これをスタミナポーション・ネオに入れれば解毒剤が完成するのか。

「やってみて欲しいな」

「もちろんじゃ、このシェイカーに元のポーションを入れて、リバース粉を入れる。簡単じゃろ」

「それでは、実際に解毒剤をつくるのは私が」

「簡単な作業じゃ、やってみるのじゃ」

大賢者からシェイカーを受け取って、スタミナポーション・ネオを入れる。そこに、リバース剤を入れて、しばらく待つ。

「そろそろ、かな」

「もうちょっと待つのじゃ。3、2、1。今じゃ」

「よし、いくぞ」

錬金作業の中には、液体をシェイクする作業もある。シェイクするときのコツは振れ幅を大きくとるのと、返しのときの手のスナップの利かせ方。

「ほう。手つきが良いのう。相当、シェイクの経験は豊富そうじゃな」

「もうプロの錬金術士になって10年以上だから。シェイクくらい簡単さ」

すると、シェイカーが急激に振動し始めた。そして。

ボン！

派手な爆発音がすると、シェイカーの蓋が跳ね跳び、シェイカーも反動で部屋の入口まで飛んでしまった。

「なんと。リバース粉が効かないじゃと？」

「これは一体、どういうことなのかっ」

「なにか、ポーションを守るものが掛けられていると見える。魔法なのか、成分なのかは不明じゃがな」

ふたりは黙って考えだした。

簡単に解毒剤を作れないことは判明した。リバース粉以外にも元の毒から解毒剤を作る方法はあるが、ポーションを守る何かが掛けられているとなると、他の方法でも結果は一緒だろう。

「もっと、いろいろな素材が必要じゃ。解毒剤を作るんじゃなく、中和するためのポーションを作るのが一番可能性がある」

「素材集めは任せてください」

こうして、初めての大賢者と錬金術士によるスタミナポーション・ネオの解毒剤づくりは失敗に終わったのだった。

次の大賢者と錬金術とのコラボ研究は、数多くの素材が集め終わった後にもう一度開かれることになった。

第34話　予報屋は大盛況です

僕がレンガ積みを終わらせて黒猫亭に行ったら、なんとも大変なことになっていた。

店に入るなり、ミリーちゃんがほっとした顔で僕に声を掛ける。

「ジュートさん！　予報を希望しているお客さんがいっぱい来ているのー」

「はい？」

ミリーちゃんの言葉で僕が予報屋だと分かったんだろう。居酒屋で飲んでいた客が、我先にと近づいてくる。

「お願いです。予報をしてください」

「何を言っているんだ！　俺が先だぞ」

「ずっと待っていたのよ、私の予報をしてちょうだい！」

全部で8人のお客さんが僕の周りに集まってきた。

「えっと、みなさん、予報を求めている方々ですか」

「おうよ。すげー当たると聞いてな」

8人は見た感じだと、冒険者がほとんどみたい。

「どの方が最初に来ていたんですか？　手を挙げてください」

8人みんなが一斉に手を上げる。これじゃ、誰から予報したらいいか分からないな。

「最初に来たのはこの人なのー」

ミリーちゃんがひとりの男を指して教えてくれた。

「そうだぞ。俺が最初だ」

ミリーちゃんに頼んでお店に来た順番で5人を選んでもらう。冒険者パーティで来ている人は代表者ひとりだけにしてもらってあとは下がってもらった。

「ひとり銀貨1枚で30分。今日は5人だけ予報をします」

こういうことは最初にきちんと説明しておかないと揉める原因になる。

レンガ積みだって、ちゃんと最初にいくつ積むのかを言わないとおかしなことになったりする。レンガのように形がない予報屋なんてもっと揉めるだろう。なんでも最初が肝心なんだよな。

「えっと代表者は全部で4人ですね。今夜、皆さん予報しますので、お待ちくださいね」

順番を決めて全員予報できることが分かると混乱は収まった。順番が後の人は、自分の番が来るまでテーブルで大人しくお酒を飲んでいる。

「まずは俺だな。俺はD級冒険者をしていてな。どの依頼を受けたら一番金になるかを知りたいんだ。装備を新しくしたからとにかく金がないんだ」

「予報代は銀貨1枚で前払いです」

「おっと、そうだな。では、これで」

男は懐から銀貨を1枚取り出して机に置いた。それを受け取って財布の袋に入れた。

「だいたいの状況は分かりました。予報しますので質問の形で聞いてください」

「えっと、今の俺たちのパーティで一番金になる依頼はどれだ？」

《ピンポンパンポーン》「オーク狩りの依頼が一番お金になるでしょう」

「おおっ、オーク狩りか。確かに気になっていた依頼だ。ただ、オークだと群れで襲われてしまうと俺達のパーティでは戦力不足になりかねないと思ってな」

「あ、それも質問してみてください」

「そうか！　予報してもらえばいいのか。オーク狩りの依頼を受けて実行すると、俺たちのパーティで戦力不足になるほどの数のオークと遭遇しますか？」

《ピンポンパンポーン》「一度にパーティメンバー数以上のオークとは遭遇することはないでしょう」

「よし！　それならオーク狩りで決定だ！」

うれしそうにガッツポーズをしている。うーん、大丈夫かな。ちょっと心配だな。

「あの……もしかするとオーク狩りでは何か危険なことがあったりしませんか？　そのあたりも予報で聞いてみてください」

「えっ。危険なことか？　聞き方はこうかな。オーク狩りで危険なことは起きるのか？」

《ピンポンパンポーン》「特別に危険なことは起きないでしょう。ごく普通のアクシデントは起きますので、注意は怠らないでください」

「ずいぶんと丁寧に教えてくれるんだな。もちろん、注意を怠りはしないぞ」

予報に納得している様子だ。他にも何か聞いておいて方がいいことはあるかな……そうだ！

「お金が必要だと言ってましたよね。もしかしたらオーク狩りの時、他に何か採取できたり、他の魔物を狩ったり、できることがあるんじゃないですか？」

「おおー。そうだそうだ。よし、それも聞いてみよう。オーク狩りの時、オーク以外で金になる物はあるのか？」

《ピンポンパンポーン》「光り苔がある洞窟が見つかる可能性があります。途中の洞窟をチェックしてみましょう」

「ほう。光り苔か。たしか､錬金術の素材になると聞いたことがあるぞ。洞窟だな。調べてみよう」

うんうん。そうした方がいい。一石二鳥を狙った方がおいしいからね。

「予報は以上で終わりでいいですか？」

「おう、ありがとうよ」

冒険者の予報はずいぶんと慣れて来た。初めて予報を受ける人が気づかないことも、アドバイスして予報することができる。

予報を受けて冒険すれば危険が減って報酬は増えるだろう。冒険者って仕事は、リスクが多い仕事だけど、成功すれば報酬も多い。予報屋の良いお客さんになってくれるかもしれないな。

「はい、次の方」

次の客も、その次の客も冒険者だった。

この夜は、後から来た1人も含めて5人の予報をした。そのすべてが冒険者だった。みんなC級とD級の冒険者でその中のひとりは月向草採取の作戦に参加した人だった。

「あの作戦に参加した冒険者の中で予報屋の噂が出ていたんだよ。もう見つからないってあきらめていた月向草のある場所を予報したらしいな。予報屋スゲーってみんな言っているぞ」

あ、いきなり予報屋のお客さんが増えたのは、やっぱりあの作戦が理由か。噂って、ありがたいことでもあるんだな。

だけど、いきなり増えすぎっていうのも、ある。この日、予報依頼のお客さんは後から続々と来て、全部で7組になった。

予報ができるのを5組に絞ったから、2組は翌日の予約として帰ってもらった。せっかく予報を求めて来てくれているのに、断るのはちょっと気が引けるな。

だけど、ひとりひとり、しっかりと予報をしたいから数は絞らないとね。冒険者の予報というのは、命がかかった予報なんだから。

この日は結局、予報屋として銀貨5枚を売り上げた。今週だけで予報屋の収入は金貨1枚と銀貨9枚になった。

今まで、レンガ屋の収入は毎週銀貨3枚だったから、格段の高給取りになった。

「お金ができたから、節約生活を少し変えて贅沢してもいいかな」

そんなことを思ってみたりしたけど、今の予報屋人気は続くとは限らないからまだまだ早いかなとも思ってやめた。やっぱり、地道が一番だからね。

第35話　予報のお客さんが大群で現れた

「あ、来たぁー。良かったぁ」

「ん？　ミリーちゃん、どうしたの？」

いつものように黒猫亭に入ったら、いきなりミリーちゃんが声を上げた。なんか、あったのかな。

「予報屋のお客さんがたくさん来ているのー」

「おおーっ」

確かに予報屋のお客さんらしい人がたくさんいる。黒猫亭は常連ばかりのお店だから、知らないお客さんはほとんど来ない。今日の黒猫亭はざっとみて常連以外にも10人以上お客さんがいる。

「整理札を作っておいたのー。前回、予報が受けられなかった人からで後は先着順で」

「うわ、ありがとう。とっても助かります」

「でも。整理札が10番になってしまったの」

「今日は10人も予報を待っている人がいるってことですね？」

予報屋は銀貨1枚30分で1日5人と決めていた。だから、整理札6番以降の人は明日になる。

「今日は整理券5番まで、と言ったの。でも、もっと予報をして欲しいって言われて困ってたのー」

前回は5人予報したんだけど、今回は5人だと今の時点で次回分も売り切れになる。今日もまだ後から来る人もいるかもしれないし。

「それでね。予報は半分の15分にして、今日だけで10人予報してくれないか、ってみんなで話していたのー」

あら、そんなことが決まっていたのか。僕としては30分かけてしっかりと予報したいけど、仕方ないか。

「うん。15分にしましょう。ひとり予報15分で大銅貨5枚ですね」

「15分でも銀貨1枚でいいって、みんなが言ってるわ」

時間だけ半分にして、料金は同じ。そんなことしていいのか？

「元々、安すぎだって。だから、15分の銀貨1枚にしてほしいって」

1日10人予報したら銀貨10枚で金貨1枚。そんなにもらっていいのか？

「今日は、それでやって欲しいって。次のときは待っている人が少ないなら30分でいいかも」

どうも、僕は値段を決めるのが苦手みたい。レンガ屋なら相場があるけど予報屋は僕だけだから、相場はないし。ミリーちゃんが意見を取りまとめてくれてよかった。

「今日の予報屋は15分で銀貨1枚。それで良いって人だけにしましょう。整理札1番の方からです」

「おうっ」

真っ赤な鎧を着たおっさん。昨日来て、整理券をもらっていた人だ。

「俺はな。B級冒険者パーティのリーダーをしていてな。予報して欲しいのは、新しいメンバーだ」

「新しいメンバー？」

「ひとり欠員が出たから補充をするんだが、候補者が3人いてな。どいつがいいか予報して欲しい」

「B級冒険者パーティのメンバー選択ですか。責任重大ですね」

「予報の通りに決めるとは限らないさ。最後は俺が決めることだ。参考意見として予報してくれ」

ひとり、ひとりのメンバー候補の人の名前をあげてもらって予報をした。単純に「誰がふさわしいか」のような単純な質問をではない。メンバーに迎えたら起きることをひとつづつ確認していった。

「やっぱり、こいつは無理だな。危機的状況で怯むなんて。俺もそんな感じがしていたしな」

「協調性はやっぱりこいつが一番か。だけど、スキルでいうと……」

赤い鎧のおっさん。悩んでいる。メンバーを決めるのは重要なことだしね。

「すいません。そろそろ15分になるんですが」

「わかった。最後にひとつだけ聞くぞ。俺のライバルになるのは、どっちだ」

《ピンポンパンポーン》「剣士の方でしょう」

「よし、剣士に決めたぞ！」

おおっ、ライバルになる男を選ぶのか。赤鎧のおっさん、かっこいいな。

「はい。次の方、2番の整理札の方です」

ひょろっとした、フォーマルな服装の男が手を挙げて、ゆっくりと歩いてくる。

「私は、交易の小さな商会をしています」

「あ、商会の人でしたか」

「今、大量に仕入れようとしている商品がありまして、中級ポーション・ネオって商品です」

「中級ポーションというと、ヒーリングの、ですよね」

「そうです。ご存じのように、今、この街では中級ポーションが足りません」

「はい。聞いています」

今、錬金術士さん、月向草で中級ポーションを作っているはず。それでも足りないって言っていた。

「その代わりになる商品がありまして、それが中級ポーション・ネオなんです」

「えっと、同じポーションなのですか？」

「いえ。レシピは全然別のポーションですが、効果はちょっと落ちるけど似ています」

「ちょっと落ちる……値段は同じくらいとか？」

「値段は3割ほど安いんです。値段が上がった今ではなく普段の中級ポーションの値段に比べて」

「そうなんですか。それだと売れそうですね」

「だけど、新しい商品だから、売れるかどうか心配で」

「それなら予報してみましょう。質問してください」

「これから中級ポーション・ネオを仕入れてこの街で販売します。売れて儲かりますか？」

《ピンポンパンポーン》「飛ぶように売れて、大儲けできるでしょう」

「ありがとうございます。早速、仕入れに行ってきます！」

それだけ言うと、交易商人は黒猫亭から飛び出していった。たった3分の予報だな。予報代の銀貨1枚は先にもらっているからいいけどね。

この日の予報は全部で10人だった。

冒険者だけじゃなくて、いろんな人が予報を受けに来てくれた。

中には恋愛相談の人もいて、予報で「まったく脈無し」と出て泣きながら帰って行った。人の気持ちは予報じゃ、どうにもならないからね。恋愛相談はできたら避けたいな。うまいアドバイスができる気が全くしないしね。

10人終わった後、僕はエールを1杯と、かつ丼という極東料理を食べた。マスターの料理はみんな美味いけど、特に美味いと感じたな。

今日1日だけで、予報屋で銀貨10枚も、もらってしまった。

なんか、すごい高給取りになった気がする。ずっと1日大銅貨5枚のレンガ積みばかりしてきたから、こんなにもらっていいのか、そう思ってしまう。

だけど、いろいろと気を使うことも多くて、くたくたになったけどね。

第36話　今日は石探しの日

今日は日曜日だから、レンガ積みの仕事は休みだ。夜の予報屋も休むことにした。

休みということで、久しぶりに趣味の石探しをするために近くの川まで来ている。石探しは、この街に来てからずっとやっている僕のたったひとつの趣味。

でも、最近は忙しくなって石探しができていない。

今日は、思いっきり石探しをするつもりで、珍しい石が見つかる川にやってきた。5メートルほどの幅の川で綺麗な水が流れているところだ。

やっぱり自然の中にいると癒されるなぁ。ずっと街にいるとなんだか疲れが溜まってしまう感じがする。たまには石探しをしないとね。

とにかく今週は忙しかった。

予報屋を1日10人までにしたら、あっと言う間にその枠が埋まるようになってしまった。今も、整理券で待っている人が10人以上いる。

日曜日はお休みだと言ったらブーイングだった。でも、ちゃんと休みをとらないとダメだよね。

計算してみたら先週はなんと金貨6枚も稼いだ。普通にレンガ500個積んでいるだけだったら、4カ月分の賃金だ。本当にびっくりだな。

「でも、これ以上稼いでも仕方ないか」

今まで週給銀貨3枚の生活をしてきた。倹約することなら慣れているけど、逆にお金があるっていうのが落ち着かない。週給が金貨で6枚もある生活は全くイメージできていないんだ。

「それだけ収入があるなら、もっといいところに住まないの？」

昨日、ミリーちゃんに聞かれた。聞かれるまで、そんなことは考えたこともなかった。

今の住処は大部屋のベッド貸で1日大銅貨1枚だから月だと銀貨で3枚。

インスラって呼ばれる集合住宅だとキッチンが付いた1部屋が月で金貨2枚。今週の収入だけで3カ月分のインスラ家賃が払えるのか。

「インスラ住まいか。それもいいかも」

隣に寝ている男のいびきを気にすることもない。インスラなら誰の目も気にしないで生活できる。

インスラに住むなら、黒猫亭の近くがいいな。黒猫亭のあたりは、周りにインスラがたくさんあって、黒猫亭の上もインスラになっている。

そんなことを思いながら、河原で石探しをしている。

別に、特別な石を探している訳でもない。綺麗な石だったり、不思議な形の石だったり。僕が気に入った石を探しているだけ。元々は、お金のかからない趣味ということで始めた。

石探しをしていると、集中してきて没頭して楽しくなる。いつもはね。

だけど、今日はダメだなぁ。15歳で大人になって3年。その3年間に起きたこと以上のことがここ数週間で起きている。

「このまま、レンガ屋と予報屋を両方やっていくのがいいことなのか」

もちろん、収入のことを考えたら予報屋一本に絞った方がいいに決まっている。

だけど、予報屋はお客さんが来なかったら仕事がなくなる。今は、黒猫亭に来ている時間を予報屋に充てているから、お客さんがいなくても別に気にすることはない。

これがもし、予報屋の場所を借りて一本にして、お客さんが来なくなったら大変だ。

「やっぱり、レンガ屋はやめられないな」

でも、今のままだとお客さんが捌ききれない。もっと、予報屋の時間を増やさないとダメか。

黒猫亭のマスターにお願いして、黒猫亭が始まる前の時間に場所を借りるのはどうだろう。

もちろん、毎日って訳ではなく、最初は週1日だけ。その日は、プラス3時間、予報屋を増やして20人の予報をする。レンガ屋をお休みして。

別にレンガ屋は毎日行かないといけない仕事じゃない。ほとんどのレンガ屋は気分で仕事をしている。

僕みたいに、雨の日と日曜日以外は休まないってレンガ屋は他にいない。

だから、週末に翌週レンガ屋を休みにする日をあらかじめギルドに伝えておこう。そうすれば、人数の調整とかもしやすくなるだろう。

本当は石探しに来ているんだけど、全然石に目がいかない。頭の中で現状を整理している。

だけど、川はいいなぁ。水の音を聞いていると、気持ちが安定してくる。

その日は結局、石探しもしないで、河原でぼーっとしていた。

第37話　好事魔多しっていうけどさ

月曜日になった。

今日は錬金術士さんのとこで1000個積みをチャレンジしようと思っていたけど、まだ錬金術士さんはなんだか、忙しいみたい。

だから、別の現場でレンガ1000個積みにチャレンジしてみた。時間は日暮れまで掛かったけど、レンガ1000個しっかりと積めた。

「おいジュート。おまえすごいな。普通の倍のスピードでこのクオリティーかよ」

監督官に褒められた。とっても気持ちがいいな。賃金はもちろん2倍の銀貨1枚。

普通のレンガ積みをして銀貨をもらえるのはすごいこと。レンガ屋としての実力がついてきているのがうれしいな。

だけど、明日はレンガ積みを休みにした。土木ギルドの職員さんには朝、そう告げてある。

初めての昼の予報屋をスタートさせるから。火曜日は昼予報屋の日にしようと決めていた。

最初は昼もやっていることを知っている人があまりいないから、あまりお客さんは期待できないけど。だんだんと増えてくれたらうれしいな。

火曜日の昼に予報屋をしても待っているお客さんが減らないようだったら、金曜日のお昼も予報屋の日にしてもいいかなと思っている。

レンガ屋は週4日になる。それ以下に減らすつもりはない。やっぱりレンガ屋も好きなんだ。

「さて、今夜の予報屋はどれだけお客さんが来るかな」

日曜日に休んだから、その分お客さんが多いかもしれない。

来てくれたお客さんに明日の昼予報屋の話を伝えれば、口コミで昼のお客さんも増えるかも。

だけど、またお客さんでいっぱいになってしまうのは、ちょっと怖い気がする。そんなことを考えていたら黒猫亭に着いた。

「いらっしゃいませ」

いつものようにミリーちゃんが出迎えてくれる。いつものように……。

「あれ？　今日は予報屋のお客さん、いませんか？」

「まだ来ていないのー。ほら、おととい、整理券配ったから、予報してもらいたい人達もそんなに急いで来ないのかもねっ」

昨日は日曜日で黒猫亭もお休み。前日の土曜日までに整理券を配ったお客さんだけで10人以上いるから、すでに何人かは待っていてもおかしくないと思っていたんだけど、拍子抜けだな。

「整理券のない人でも、今ならすぐに予報が受けられるんですが」

「そういう時に限って、お客さんが来なかったりするのー」

「あるあるですね」

忙しいときはお客さんが後から続々と来る。分散してきてくれたら助かるし、お客さんも待たないで済む。それなのに、混んでいる時に限ってさらに人が集まってくるもの。

「じゃあさ、今日はお客さんが来る前に食事しておきましょう」

「それがいいわね。エールは、仕事前だから無しなのー」

「もちろん無し。今日は肉料理にしましょう。何がありますか？」

「あ、とってもおいしいバイソンステーキがあるのー」

「おっいいですね。それ、それ、お願いします」

バイソンステーキだと、銀貨1枚。レンガ屋だけの収入だと、とても頼めないメニューだ。

でも、最近はレンガ屋も予報屋も収入が増えたから、値段を気にしないで食べたい物を頼むようになっている。それがとっても嬉しい。

「はい、バイソンステーキお待たせっ」

分厚いステーキに喰いつく。歯ごたえがあるうまい肉だ。ガツガツと一気に食べる。サラダとパンとスープも一緒に食べる。

「でもなんか、全然お客さん、来ないねー」

「おかしいですね。何ででしょうか」

「お客さん達、どうしちゃったのかなぁ」

その後、結局1時間ほど待ったけど、お客さんは来なかった。その代わりに、お客さんが来ない原因を教えてくれる人がやってきた。それは……。

「ほら、やっぱり。言った通りでしょ。お暇そうね」

そんなことを言いながら黒猫亭に入ったきたのはセリルだ。後ろからリーダーのマセットも入ってくる。今日はふたりだけでやってきた。

そういえば、マセット達のC級冒険者パーティに最後に予報をしたのは月向草の大採取の時だから、先週の水曜日あたり。もう今週の予報を聞きに来てくれたのかな。

「先週はすごい人気だと聞いていてね。予報を聞きにくるのを遠慮していたんだよ」

「お気遣いありがとうございます。そうなんですよ。なぜか今週になったらお客さんが来なくて」

「うふふ。その理由なら、私、知っているわよ」

「本当ですか！　セリルさん、教えてくださいっ」

セリルによると、予報屋にライバルが登場したらしい。

「それがね。冒険者ギルドの斜め前にあった、さびれた食堂が『予報屋』って、でっかい看板を出していてね。すっごくお客さんが入っているのよ」

「ええっ、別の予報屋ができたんですか。いつの間に！」

「きっと、あなたの予報屋が人気だと、どこかで知って真似したのよ」

まぁ、そんな良い場所に大きな予報屋ができたのなら、そっちに行ってしまうのは仕方ないか。

だけど、予報スキルなんて、他に持っている人っていたんだな。

「それだけじゃないのよ。冒険者ギルドで聞いた噂では、ここのことを『あそこはダメだ。当たらなかった』って言いふらしている冒険者パーティがいるらしいのよ」

「うわっ、予報がハズレてしまった人がいるんですね」

「それがね。その人に話を聞いてみたのよ。黒猫亭の話をしても全然違うことを言うの。たぶん、ここには来たことがないわ」

すると、誰かが悪評を流してるのか。予報屋の営業妨害をしているってことだな。

「きっと、新しい予報屋に金でももらって嘘の噂を流しているんでしょう。言いふらしている連中は評判が良くない冒険者達ね」

「うーん、そんな手を使ってくるのか」

そうなると、僕のとこには当分、お客さんが来ないのかもしれない。どうしたらいいのだろう。

「おっと、セリルが知っているのは、そこまでかい？」

「何よ、マセット。あなた、もっと何か知っているの？」

「俺はよ、新しい予報屋を作った奴らの情報をゲットしているんだけど、知りたくないかい？」

「えっ、そこまで調べてくれたんですか！」

「そりゃ、やり方があざといからさ。きっとどこかヤバい筋が関わっていると思ってさ」

「どこなんですか？　ヤバい筋って？」

「ジュートは情報屋って聞いたことがあるかな」

情報屋って大賢者様のとこに行く前に騙されて連れて行かれたところだ。銀貨3枚、騙し取られた。

「それって、街の商業地区にある所ですか」

「おっ、知っているのか。情報屋はどんな情報でも扱うところだ。裏世界の情報にも詳しいところでもある。どうも、あそこが裏で糸を引いているらしいぜ」

あの情報屋のボスが新しい予報屋を作ったのか。

すると、予報と言ってもいい加減な物じゃないだろうか。予報スキルなんて持っていない人が予報をしているんだろう。

「どうする？　何か反撃するのか？」

正直言うと、相当むかついている。こっちの真似しておいて、そのうえ邪魔をしてくる。あの情報屋ならやりそうなことだ。

だけど、同時にお客さんが来なくなったのはそれだけじゃないんじゃないか、って思ったりする。あまりにお客さんが増えすぎて、時間を半分にしてしまったし、予報を出すのをただこなしているだけになっていたのかな。

「今は、やめておきます」

どうせ、あの情報屋なら、いい加減な予報しかできないだろうから、当たらないって評判がそのうち立つはずだ。別に僕が何かをしなくても、そのうち潰れるだろう。

「きっと、僕の予報を信じてくれるお客さんはいると思います。だから、今はそのお客さんだけに予報していこうと思います」

「ほぉ、すごいな。頭に来ないのか？　商売を邪魔されて」

「それは頭に来ますけど。でも、やたらとお客さんが来てしまって、丁寧な予報ができていなかったのも事実なんです。マセットさん達のように僕の予報を信じてくれている常連さんも、予報を受けづらくなっていたし」

「それはそうなんだが。俺達にしたら、このくらいお客さんが少ない方が嬉しかったりするけどな」

たくさんのお客さんじゃなくて、信じてくれる常連さんを大切にする。それが商売の基本だ。

「今の僕の予報屋は、このくらいのお客さんがちょうどいいのかもしれません。最悪、マセットさん達は毎週来てくれるんですよね」

「もちろん来るさ。これからもよろしく頼むな」

うん、そう言ってもらえるお客さんを大切にする。予報屋を続けていって、ひとり、またひとりと常連さんが増えていく。その方が、僕らしいかな、とも思う。

そんなことを考えていたら、もう一組、予報屋さんにやってくるお客さんがいた。前に予報をしたことがある人達だ。

「こんばんは」

黒猫亭でマセットと話していると4人組の冒険者がやってきた。見たことあるけど、誰だっけ？

「今日はお礼を言いにきたんだ」

「えっと、前に予報をした方ですよね」

「お忘れかな？　D級冒険者なのに、D級依頼が全部失敗すると予報されたんだ」

「あー、思い出しました！　メンバーを追放したって」

最近、冒険者の予報をしまくっていたから、分からなくなっていたけど、パーティメンバーを追放しちゃった人達だ。今、話しているのがリーダーで、予報をしたときは確か3人だったけど、今は4人いる……と、いうことは、増えた人が追放されたメンバーかな。

「こいつがロンです。パーティに出戻った奴」

「今回はいろいろとありがとうっ」

《感謝ポイント52を獲得しました。次のランクアップまで782感謝ポイントです》

おおっ、大量の感謝ポイントが入ったぞ。相当、嬉しかったのだろう。

そういえば、予報屋が人気になってたくさん予報したけど、ほとんど感謝ポイントは入っていない。今回の感謝ポイントの方が、何十人と予報した感謝ポイントより多いみたいだ。やっぱり、丁寧に予報をすることが大切ってことだね。

「こいつはね。冒険者じゃなくて剣闘士をしていたんだぜ。パーティを抜けてから」

「だって、他のパーティなんて入りたくないじゃん。ソロじゃできることも限られてしまうしさ。だからと言って剣を使わない仕事なんてしたくないからさ」

「結局、剣闘士をしていて、それなりに有名にはなっていたらしいんだよ」

剣闘士というのは、ショーで剣の闘いを見せる仕事だ。街の人の間では剣闘士同士の闘いや、剣闘士と魔物の闘いは人気のショーになっている。

「剣闘士って、D級でも有名になれるんですか？」

「あ、僕の場合は悪役をしていて。派手なパフォーマンスをして最後はやられてしまう役さ」

「負けるのがお仕事ってことですか？」

「そう。だけど、ただ、負ければいいという訳じゃない。いやらしい攻撃をして相手を追い込んでおいて、最後に逆転負け。そのあたりのバランスが難しくて。剣闘士は週一回くらいしか仕事がないから、他の日は暇じゃん。今は、パーティに戻ったからダブルワークで稼いでるんだ」

「そんな仕事やめろって俺は言ったんだけどね。だけど、悪役剣闘士が気に入っているみたいで、当分続けるって。もちろん、冒険者としての仕事も一緒にやっていくんだけどね」

「ちょっと！　剣闘士やっているなら剣翔アルフォンス様とは知り合いだったりするかしら？」

横から、すごい勢いでセリルが口を出してきた。

「知り合いというか、敵というか。来週、ちょうど闘う予定。華麗に負けるんだけどね」

「すごーい。アルフォンス様と闘うなんて、素敵すぎるわー」

どうも、アルフォンスというのは、人気剣闘士らしい。いままで負け知らずで人気絶頂だという。

「だけど、剣闘士の試合って、勝ち負けがだいたい決まっているみたいじゃないの？」

「いいのよ、そんなことは。アルフォンス様はイケメンだから」

「そうだ。ジュートも試合に参加してみたらいいんじゃない？」

「ダメですよ、僕は。剣なんて使ったことないですし」

「違うわよ。予報よ。あの憎らしいインチキ予報屋を試合でコテンパンにやっつけて欲しいのよ」

「それ、どういうことですか？」

悪役剣闘士のロンが興味を持って質問してきた。セリルがインチキ予報屋の話をしている。

「面白そうじゃん、それ。予報屋の試合ってことか」

ロンとセリルが盛り上がって企画を練っている。

予報屋ふたりが、それぞれ予報をして何人かのチームを闘わせる。

だけど、予報が結果に関係しないといけないし、単なる試合じゃつまらない。

ふたりでアイデアを出し合って、あーでもない、こーでもないってやっている。

「それじゃ、その線で主催してくれそうな人を探してみるね」

「お願いするわ」

「ダメですよ、そんなみんなが見ているところで予報なんて。あがってできやしませんよ」

「そんなことないわ、きっと！　ジュートは大勢の前だって、ちゃんと予報できるかしら？」

《ピンポンパンポーン》「問題なくできるでしょう」

「ほら、予報もそう言っているしぃ」

「そうじゃなく、僕が恥ずかしいって言っているんです」

「まぁまぁ、実際に試合をするとなると、いろんな人が絡んでくるから、そう簡単にはできやしない。できたらいいな、くらいで待っていてほしいな」

「そうよ、ロン。主催者探しを頑張ってね」

セリルは剣闘士の試合が好きで観戦によく行くらしい。試合に関われるかも、と思ったら暴走しはじめたようだ。

でも、考えてみたらそんなにうまくいくはずがないよね。

まぁ、ロンがそんな話を試合を開いている人に話してみるというならダメって言えないし。僕だって、予報屋を真似されて情報屋のあのおっさんには頭に来ている。

「頑張ってみてください」

「了解！」

「さて。セリルさん達もそうなんだけど、ロン達も、今週の予報、聞きにきたんではないんですか？」

「「そうだった！」」

今週の依頼の相談を30分銀貨1枚で受けた。

予報によってそれぞれが納得する計画がたった様子だ。この日は、C級冒険者とD級冒険者の2組の予報だけで終わりになった。予報屋の売り上げは銀貨2枚だけだけど、なんか嬉しかった。

第38話　敵情視察は大切な情報収集の手段だ

「ここか」

今、僕は冒険者ギルドの斜め前にある予報屋の前にいる。あのインチキ情報屋が運営しているという予報屋だ。

「どんな人がどんな予報をしているのか、すごく気になる」

そして、もうひとつ気になったことは、こっちの予報屋のお客さんの入り。僕の予報屋が開店休業状態になっているところをみると、こっちの予報屋は行列ができているんじゃないかと思って、敵情視察をするつもりでやってきた。

元々、今日は昼に予報屋をする予定だったが、昨日の夜に2組しか予報屋に来なかったし、昼に予報屋をしても開店休業になるだろうから中止にした。

レンガ屋の仕事をすることもできるけど、気になっている新しい予報屋を見てみようと思ったのだ。

「だけど、思ったほどお客さんが集まっていないのか？」

お店の前には行列はできていない。お客さんがそんなにいないのかと思って見ていると、2人組の男が予報屋の建物に入っていった。しばらく観察していると、また、ひとりの女性が建物に入っていく。

「どういうことだ？　もしかしたら、建物の中に行列があるのか」

外から見ているだけでは分からないから、中に入ってみることにした。

「いらっしゃいませ」

入口を入るとすぐにカウンターがあって、背が高くて綺麗な女性が座っていた。

「あ、あの。噂の予報屋はここですよね」

「はい。予報屋です。まずは、どんな予報をしてほしいのか教えてください」

「えっと、仕事をどうしたらいいのか迷っていて……」

「仕事の予報ですね。それでは、あの地図を見て3番の部屋に行ってください」

受付嬢が指さした地図の辺りに来ると、ドアがたくさん並んでいる。全部で6つ。一番奥は廊下が右に曲がっているからその先がどうなっているのか、分からない。

僕は字は読めないけど、数字だけは読める。3と書かれたドアをノックした。

「はい。お入りください」

ドアの向こう側は、小さな部屋になっていた。横並びで座れるテーブルと椅子がふたつ。ひとつの椅子には、とても大きな胸の女性が座っていた。

「あっ！」

小さな、驚きの声を上げた。胸に気を取られて気づくのが遅くなったけど、この女性知ってる。えっと、確かクレアさんだ。

「ジュートさん、ですよね。まずは、こちらにお座りください」

クレアさんは横の椅子を勧めてくる。椅子と椅子の距離がなかなか近い。部屋が狭いので、距離をとることはできなかったのだろう。

「はい。クレアさんですよね」

「ここでは、エンジェル・ルカなの。本名のクレアは内緒です」

「予報屋さんだったんですね。言ってくれればよかったのに」

「あの時はまだ、予報屋になる前だったの。スカウトはされていて、どうしようか迷っていたのは本当だったの」

「偵察じゃなかったんですか？」

「半分くらいは偵察かしら。予報屋ってどんなことをするのか知りたかったし」

「まぁ、僕も偵察に来ているから、お互い様ってことですね」

「うふふ。そうですね。ここは初めてかしら」

「ええ」

「ここのシステムをはお話してもいいかしら」

「お願いします」

予報には3つのコースがあり、そのうちひとつを選ぶらしい。
1. トライアルコース　10分大銅貨5枚
2. ベーシックコース　20分銀貨1枚
3. スペシャルコース　50分銀貨2枚
「どのコースにしましょうか？」

「すみません、トライアルコースでお願いします」

「わかりました。10分のコースですね。大銅貨5枚になります」

大銅貨5枚を手渡すと、クレアが真剣な顔に変わった。

「それでは、予報をしましすね。どんな予報をしましょうか？」

「えっと、僕も仕事のことですね」

ちゃんと用意してきた相談をしてみた。今はレンガ屋をしていること。予報屋も始めたから、レンガ屋と予報屋どっちをメインにしたらいいのか教えて欲しいこと。

「レンガ屋と相予報屋ですね。どちらがいいか予報を聞いてみます」

「予報屋はお客が来ないでしょう」

あ、当たっている。今は全然お客さんが来なくなってしまった。

「クレアさん。どうして、分かるんですか？」

「えっ、予報なので……理由はないの。ジュートさんも同じですよね」

「そうなんですけど。ではレンガ屋はどうでしょう？」

「レンガ屋の方は確実に仕事ができて、評価もされるでしょう」

うーん。当たっている。もう少し、突っ込んだことを聞いてみたいなと思った。

「それじゃ、レンガ屋をやりつづけて空いた時間に予報屋をするのはどうでしょう」

「ごめんなさい、トライアルコースは質問はひとつだけなんです。どうしましょう。ベーシック、もしくはスペシャルコースにしますか？」

もうトライアルコースは終わってしまったのか。10分も話していない気がするけど、そういうものらしい。もうちょっと調査を続けたいから、スペシャルコースにしてみよう。

「それでは、スペシャルコースにしてください」

「えっ、スペシャル！　いいんですかっ」

やっぱり、スペシャルコースはうれしいんだ。クレアさんがすごい笑顔で身体も近づけてくる。ドキドキするな。

「ええ。もちろんです。その上で、もう一度質問しますね。レンガ屋と予報屋、両方をするのはどうでしょう」

「両方ですね。はい。ちょっとお待ちください。予報を聞きます」

真剣な顔になって、目が半分だけ空いていて、どこかにつながっている感がある。

「両方でも、予報屋の方はお客が来なくてダメでしょう」

「ダメなんですね。僕が予報屋をするのは」

「えっと。これは予報ではなく、私の意見なんですが。予報屋には繁盛するために、いくつか条件があります」

「どんな条件ですか？」

「まずは、容姿端麗。男でも女でも、です。続いて、コミュニケーション能力が高い人」

「クレアさんも大変なんですね」

「そうなのよ。当たるかどうかの前に、誰の予報を受けるかってところで、差が出てしまうの」

「そうなんですね」

「そう。やっぱり美人が得なのよ。あとお話が上手い人。残念ながら私みたいにどっちも中途半端だと、苦労するの」

「そんなことないですよ。クレアさんは綺麗だし話しやすいし」

「ありがとうね。そう言ってくれると嬉しいわ」

なんか、慰める形になってしまった。こんなに綺麗で胸も素敵なのに。

「ここってまだできたばかりですよね。お客さんたくさん来てるんじゃないですか。クレアさんにもたくさん予報の依頼があるんじゃないですか？」

「店長がね。今はお客さんが多いからって安心するなっていうのよ。だから、予報に来てくれた方がどのコースを選ぶかっていうのが重要だって」

「そうですよね。もしかしたら、クレアさん、スペシャルコースはあまり選んでもらえないとか」

「実はここだけの話、スペシャルコースはジュートが初めてなの」

あ、それであんなに喜んでくれたのか。いろんな話に答えてくれるのも、それがあるのかな。

「もしかして、このお店。売り上げとかでランクづけとかしています？」

「わかります？　そうなのよ。昨日の私のランクは12人中9位なのよ」

ええっ、12人もいるの？　すごい。だから、行列ができずにすぐに入れてもらえたんだ。

「するとランク1位の人はすごい美人さんなんですか？」

「残念でした。1位の方は男性です。イケメンで女性にすごい人気なの」

ここは、うちと違って女性のお客さんが多いのかも。うちは2割しか女性はいないからなぁ。

その後も、クレアさんの予報屋での仕事のことをいろいろ聞いてみた。予報は50分のうち最初の10分くらいかな。

「あら。予報を全然していないのに時間になっちゃったわ。つまらない話ばかりでごめんなさい」

「いえいえ。僕も予報屋やっているから、参考になってちょうどよかったです」

「そう？　じゃあ、最後にひとつだけ予報をしましょう。何がいいですか？」

「また、僕はクレアさんにこれからも、会うことはありますか？」

真剣な顔に戻ったクレアさん。

「あなたと私は何度も会うことになるって予報に出ているわ」

「へぇ、そうなんですね。これからもよろしくです」

時間になったので、受付で追加料金を払って、新しい予報屋を出た。そして、思ったこと。クレアのさんの予報が当たるとは思えない。クレアさんだけでなく、一番人気のイケメンも。

だけど、この予報屋が繁盛するのはとても良く分かるな、と。だって、クレアさんみたいな美人と楽しくお話できるんだから。

第39話　インチキ予報屋に反撃するには？

インチキ予報屋に行ってから3日が経った。最近予報屋には毎日1組か2組しかお客さんが来ない。それでも、レンガ屋と合計すると銀貨2枚くらい稼げている。僕には十分な収入だ。

ただ、自分の部屋を持つインスラ住まいの計画は当分お預けだ。これくらいの収入ではインスラ住まいはぜいたくすぎる。予報屋のお客さんが増えないと無理だ。

だけど、レンガ屋の方は順調だ。１日にレンガを１０００個積んで銀貨1枚を稼いでいる。

「いらっしゃいませ」

黒猫亭ではいつものようにミリーちゃんが出迎えてくれる。店を見渡すと、常連さんが数人いるだけで予報屋のお客さんはいない。

「えっと、パンとスープをお願いします」

お客さんがガンガン来ていたときは、迷わず肉料理を頼んでいたけど、今は一番安い食事を選んでしまう。お客さんが来るかどうか、わからないから無駄使いはできない。

「あんまり予報屋さんのお客さん、来ないねー」

「ああ。新しい予報屋の方に行ってしまっているみたいですね」

あっちの予報屋に行ったことはミリーちゃんにも話した。ミリーちゃんは「そんなのインチキに決まっているのー」って言う。僕もそう思う。

だけど、インチキだろうと本物だろうと人気があるのはあっちの予報屋だ。

「いらっしゃいませ」

あれ？　今、入ってきたお客さん、どこかで見た気がするな。

「あ、予報屋さん。今日もいてくれて、よかったである」

「えっと、どなたですか？」

「私は、冒険者ギルドのギルド長をしているのである」

「あの……ギルド長さんが予報ですか？」

「あ、いや。予報ではなく相談である」

冒険者ギルド長の相談というと、また何か大規模な作戦があるのかな。

「実は、冒険者ギルドの前に予報屋ができたのである」

「知っています。一度偵察に行ってきました」

「それなら、話が早いのである。あの予報屋は同じ予報屋として、どう見えているのか？」

なんと答えたらいいのかな。思ったことを言って人気を妬んでいると思われるのも嫌だな。

「正直に言いますね。あれは、予報ではないと思います」

「予報ではないというと、何なんであろうか」

なんなんだろう、あれは。うーん、いい言葉がないな。

「単に若い女性とお話しするだけです」

「あ、そういうことか。そういう印象という訳であるな」

「僕の個人的意見ですよ」

ギルド長さん、何か考えている。あの予報屋がどうしたのだろうか。

「実は、あの予報屋にちょっと困っているのである。無茶な依頼を受けるように予報を出す予報士がいるのだ」

あっちの予報屋は10人以上いるけど、その中の何人かが大胆な予報をするらしい。

ひとつ上のランクの依頼を受けても上手くいくと予報をする。冒険者達はそれを信じて依頼を受ける。無茶な依頼にチャレンジして、成功した冒険者パーティがいて予報屋を「すごい」と持ち上げた。それ以来経験が少ない冒険者が予報を信じて無茶をすることが増えたらしい。

「結局、ランクの上の依頼を受けたパーティに損害がたくさん出るようになっているのである」

「それは、まずいですね。僕の予報でも上のランクの依頼が成功するか聞いた人が何人もいます」

「それって、どうなったのであるか」

「全部の人に、『その依頼は上手くいかないでしょう』って予報になりました」

「それはよかったのである」

「どうも、予報をしているのがイケメンな男で冒険者の世界に疎いみたいなんです。本来、予報って知っているかどうかはあまり関係ないんです。私も元々は冒険者の世界は全然わかりませんでした。今は、だいぶ分かりましたけど」

「だけど、知らなくても、無茶な依頼にはうまくいかない予報が出るのであるな」

うーん、あっちの予報屋ではそんないい加減な予報が出てしまうのか。単にお客さんをとられただけなら仕方ないけど、同じ予報屋が冒険者ギルドに迷惑をかけているとなると、なんとかしないとな。

「なにか、対策ってあるんですか。その無茶ぶりをする予報屋に」

「それがいい策がないのである。このまま、冒険者達に被害が続くのは困るのである」

「うーむ。どうしたら、いいんでしょうか」

ふたりで唸っていたら、お客さんが入ってきた。D級パーティに出戻りした剣闘士兼業のロンだ。

「あ、ジュート。予報中でしたか？　えっ、ギルド長！」

「予報中じゃないけど、ちょっと込み入った話をしています」

「でも、ちょっとだけお邪魔していいかな」

「なんでしょう？」

「やったよ、例の予報の試合。実現しそう。これであのインチキ予報屋をやっつけられるぞ」

「なんであるか、その話は。君も冒険者であるな。インチキ予報屋をやっつけるって、詳しく聞かせてくれるであるか？」

タイミング良く、あの予報屋対策が飛び込んできた。

第40話　予報試合の作戦を立てるとしよう

「予報試合は観客が入るでしょうか？」

《ピンポンパンポーン》「すべてのチケットが売り切れるでしょう」

　この予報ひとつで試合主催者はゴーを出して、予報試合が開催されることになった。

　相手のインチキ予報屋は良い宣伝になると、ふたつ返事で参加することを決めた。

　試合場所は、剣闘士スタジアムで観客が１０００人も入る。

　通常の剣闘士試合なら、観戦料は通常席が大銅貨5枚でＶＩＰ席が銀貨2枚程度。

　しかし、今回の予報試合は前評判も高く通常席でも銀貨1枚で一番高い席になると金貨1枚だという。それなのに予約がガンガン入っていて、このペースだと完売になりそうな勢いらしい。試合の主催主催者は、楽しくて仕方ないって感じで報告しにきた。

　僕はマセットからそんな話と同時にルールの説明を聞いた。

　予報試合は、ふたつのチームが参加する。

　ひとつのチームが僕がリーダーの予報屋『チーム黒猫』。僕の他にマセットの集めてくれたＣ級冒険者6名が参加する。

　もうひとつのチームがあのインチキ予報屋のトップ予報者が率いる『チーム白馬』。こちらも、Ｃ級冒険者６名が参加する。

試合は3ステージ制。

各ステージでは、あらかじめ用意されている魔物と冒険者が戦う。魔物はスタジアムに隠された状態で運び込まれる。どんな魔物なのかを予報を使って判断して、メンバーや武器、アイテムを選んでいく。

各ステージで参加できるメンバーは4人まで。魔物の種類や数によって、戦いやすいメンバーを6人から選ぶ。武器とアイテムは主催者が用意していて、ステージ前に選ぶことができる。予報によってどんな魔物がいるか、正しく分かっていれば有利に進行できる。

それぞれのステージは魔物を倒すまでの時間を競う。3ステージの時間を合計して、短いチームが勝利になる。

「この試合は注目度が高くてな、賭けも人気だ。現在の投票数はチーム白馬の方が2倍多いぞ」

やはり、観客は大きな店の方が有利だと考えているらしい。ひっそりと安酒場の片隅でやっている予報屋が勝つとは思われていない。

でも、黒猫亭の常連さんの中には、チーム黒猫に賭けてくれている人がいる。その人達のためにも、負けたら申し訳ないから、頑張らないとね。

「いよいよ、あと3日だな。準備はできているのかい」

「僕は特に準備は必要ありません。参加する冒険者達はいろいろと作戦を練っているところです」

参加する6人のうち4人はいつもパーティを組んでいる冒険者で、残り2人は今回のために助っ人で参加してくれたらしい。マセットだけでなくセリルも参加する。

ロンも参加したいと言ってきたけど、C級冒険者ではないので参加できず悔しがっていた。

最終的には、剣士が3名、魔法使いが2名、回復士が1名の6人パーティに決まった。マセットを中心にメンバー6名が一丸となって魔物を退治する。僕の予報を活用して。それがチーム黒猫だ。

「優勝賞金はチームで金貨20枚だっていうわ。いつもより相当奮発しているみたい」

セリルが報告してくれる。

「すごいですね」

でも、あっちの予報屋は当たらないことが観客の前でバレバレになってしまうけど大丈夫なのだろうか。もっとも、あちらさんから見たら、僕の予報も当たらないと思っているのかもしれないけど。

「ちなみにね、チーム白馬の予報者はすごいイケメンらしいわ。予報屋で一番人気のある予報者みたい」

「そうなんですね。イケメンですか？　それは、ますます負ける訳にはいかなくなりましたね」

イケメンで、インチキの予報で稼いでいる奴。

絶対負けたくないな。3日後が楽しみだ。

第41話　予報試合の第1ステージ

「さぁ、始まります！　今、話題の予報屋同士の直接対決！　勝つのはどっちだ？」

予報試合が行われるスタジアムは普段は1000人収容だが、今日は追加席が用意されていて1200人収容になっている。空いている席は全くなく満席状態だ。

司会者と解説者がスタジアムの放送席に座って進行役をしている。もうひとり、何もしゃべらないけど、放送席に座っているおっさんがいる。

彼はユニークスキル『放送』の持ち主。この放送席で話されている内容をスタジアムに来ている人すべてに音声で伝えることができる。

「解説は剣闘士評論家のクラッキーさんです。よろしくお願いします、クラッキーさん」

「こちらこそ、よろしく。いやぁ、楽しみだなぁ。予報屋対決」

「はい。普通の剣闘士試合と違いまして、今回はチーム戦です。それも予報屋をしている人は指示を出すだけです。そのふたりの予報屋のことを教えてくれますか？」

「まずは、白馬チーム。この予報屋は今や飛ぶ鳥も落とすと言われているほどの大人気予報屋で、冒険者ギルドの斜め向かいに店があり、12人の予報屋を抱える大型店。今回はその中でも一番人気のジェイミーが予報担当だ」

「そもそもの話をしていいですか？　予報というのは当たるものなんでしょうか？」

「当たるという人もいれば、あんなのインチキだという人もいる。どっちが正しいかは今回の試合で明確になるだろう」

「それは楽しみですね。もうひとつの黒猫チームの予報屋はどんな人なんですか？」

「そちらは、黒猫亭という酒場で冒険者向けに予報をしているジュートという男だね」

「えっと、酒場で予報しているんですか？　ひとりで？」

「そう。酒場の端っこで予報をしている男さ」

「なんか、地味な感じですね。ジェイミーに勝てるんですかね」

「予報屋を始めたのはジュートが先。ジュートの人気が出てきたので、あの予報屋ができたと言われてるんだ」

「すると、黒猫チームのジュートの方が元祖予報屋だということですね。今、人気の予報屋に元祖予報屋が対決を申し込んだ。ってことですか」

「まぁ、ざっくり言うと、そういうことになるね」

☆　☆　☆

「ほら、何ちんたらやっているんだ！　全力で押せ！」

魔物が入った檻を奴隷４人が運んでいる。

「早くしろって。なんでこいつら、やる気がないんだ。ほら、そこ力を抜くんじゃない！」

奴隷の監督官は腰に下げた鞭をやる気がない奴隷の背中に打った。

「ぐわっ。お許しください。もっと押しますから、鞭は……」

「ほら、もっと力を出せ。出さない奴は鞭が飛ぶぞ」

やっぱり、奴隷相手の仕事はいいな。やる気がない奴らは鞭で躾ければいい。レンガ積みの労働者は駄目だな。監督だといっても、なめてかかってくるしな。ちょっと怒ったくらいで来なくなるなんて、責任感が皆無な駄目な連中だ。そんな奴らの監督をしているより、奴隷監督の方がどれだけいいか。

「おっ、来なすった」

前から黒いフードですっぽりと頭を隠した男が歩いてくる。魔物が入った檻を避けたところで奴隷監督官とすれ違う。その一瞬、筒に入ったメモを手渡すと、その男は、ふっと消えた。

「なんとも、不思議な男だな。しかし、これだけで銀貨2枚とはなんとも割のいい仕事だ」

元レンガ職人の監督官にして、今はスタジアムの奴隷監督官をしている男は、レンガ職人の監督官をクビになって途方に暮れていたときに情報屋の親分に拾われ、潜入情報官としての仕事にありついた。今回の任務は奴隷監督官をしながら、運ぶ魔物をメモして黒フードの男に渡すこと。

「ほら、そこ。もっと押さないか！　鞭で打たれたいのかっ」

監督官は、やっぱり奴隷相手の仕事は落ち着くなと感じていた。

☆　　☆　　☆

「さぁ、いよいよ、魔物の予報をしていただきます。あの檻の中にいるのはどんな魔物でしょうか?」

放送の内容は、スタジアムに設けられた作戦室には流れていない。

放送席に隣接した作戦室にはジュートと、マセット以下6名の冒険者がいる。

「さて、始まったな、ジュート。最初のステージの敵の予報からお願いする」

「はい、マセットさん。質問してください」

「第1ステージの敵はどんな奴らだ?」

《ピンポンパンポーン》「5頭のオークでしょう」

「第1ステージの予報は、5頭のオークだわ」

セリルが作戦室に置かれた銀色の魔石に話すと、放送スキルによってスタジアム全体に伝わる。

「黒猫チームの予報は、5頭のオークと出ました。どうなんでしょう、戦力として」

「ええ、第1ステージの戦力はC級冒険者が4名。オークはC級モンスターだから、1頭多い分、どうしたらいいか、が作戦の立てどころだ」

「ただ、それは予報が当たった場合ですよね。外れたらどうなるんでしょう」

「それがこの予報試合の面白いところ。予報を聞いて、メンバーと装備を選ぶということで、予報が全然違ったら、いきなりピンチになってしまうかもだ」

「果たしてどうなるか、展開が気になりますね」

「俺たちの予報は、オーク。数は6頭だ」

「おっと、白馬チームも予報が出ました。こちらもオークです。ただし、5頭ではなく6頭」

「ほぼ同じ予報だな。同じようなメンバー選抜、同じような装備のはずだ」

「すると、あとは冒険者達の力量の差ですか」

「そうなるな」

「今、予報者のおふたりが放送席に到着しました。今日の試合では予報が終了ししだい、放送席に来ていただくことになっています。よろしくお願いします」

「「よろしくお願いします」」

僕とイケメン予報者ジェイミーが放送席に座る。観客席からよく見える場所だから緊張するな。

「黒猫チームはオーク5頭、白馬チームはオーク6頭。黒猫チームさん自信のほどは？」

「えっと、だいたい合っていると思います」

「白馬チームさんは？」

「もちろんバッチリさ。なんといっても天才の私の予報だからね。1頭でも違うような予報は出さないよ」

「おおっ、いきなりの完璧発言です。さて、魔物のゲートがオープンしました。いよいよです」

うおーーーーっ。

「すごい歓声ですね。ゲートからはオークが飛び出してきました。予報は双方、当たりですね」

「ええ当たりだね。もっとも最初はオークというのは、魔物試合の定番だ。だから頭数が問題になる」

「6頭ですよ。天才の私の予報がそう告げているんだから」

「数えてみましょう。1……2……3……4……5、5頭か……いや、もう1頭いた、6頭、もう終わりか。6頭です。すごい、白馬チームの予報が完璧に当たりました」

なんと、完璧に当てられた。僕のもだいたい当たってはいるけど、ドンピシャだと霞むなぁ。

「やりましたね。白馬チームさん」

「まぁ、当然の結果さ。予報というのは完璧だから意味があるのだよ」

「すると、1頭違うというのは、ダメですか」

「ダメだね。ありえない。そんな外し方をするなら、予報屋なんてやめた方がいいね」

すっげー、むかつく。当たったからと言ってなんだかすごく偉そうだ。

だいたい予報なんていうものは、そんなに確度が高くない。頭数くらいズレることもあるよな。

「予報はあくまで予報。冒険者には、予報を参考にした上で冒険をするように言っています」

「そういうものなんでしょうか？　白馬チームさん」

「ははは。自信のない予報者ならそういうかもしれないね。私はいつも完璧だから、そんな言い訳めいたこと言ったことないね」

イケメン予報者は、僕をガン見しながら言い放つ。本当にむかつく奴だ。

「さて、試合はもう中盤に差し掛かっています。おや、両チームに差が出ています。白馬チームがオークを3頭倒しています。それにほとんど損害無しです」

「それはすごい。メンバーより多いオークだと苦戦してもおかしくないんですが」

「白馬チームの力量だな。ちなみに4名のメンバーは、剣士3名、魔法使い1名。これは黒猫チームも一緒だ。どちらも、剣士が前衛で壁になり、後衛の魔法使いが魔法攻撃する作戦。冒険者ならオーク戦は慣れているから戦いやすいだろう」

「白馬チームの残りオークが2頭。黒猫チームは4頭です」

マセット達、ちょっと遅れているな。まぁ、大丈夫そうだけどね。焦らずに倒して欲しいな。やっぱり損害を受けるとこはあまり見たくないし。

「やりました。白馬チーム、オークを2頭を一気に倒し全滅させました。開始からたった3分15秒です。黒猫チームも善戦しています。あと、1頭。今、包囲しています。最後の1頭を倒しました。時間は4分5秒です。その差50秒です」

予報勝負の最終勝敗はそれぞれのステージで掛かった時間を合計して早い方が勝ちになる。途中で全滅できないとそのステージまでで敗退が決まる。50秒差か。まだまだ、いけるぞ。

第42話　予報試合の第2ステージ

「第1ステージは白馬チームが優勢で終わりました。次は第2ステージ。その作戦タイムです」

「両チーム、なかなかやるな。しかも白馬チームの予報者、すごい自信だぞ。明日から、彼のところにはすごい行列ができるだろうな。特に女性のね」

「いやいや、本当に正確な予報を欲しがっている冒険者や商人なら男性も行列を作りますよ」

「そうだな。あの完璧予報はすごいから」

おいおい、そんなに完璧予報なんていうなよ。ますます、冒険者に被害が増える気がする。

今は作戦室に黒猫チーム7名がいる。最初に口を開いたのは、チームリーダーのマセットだ。

「さて。みんなご苦労だった。ジュートも予報、当たっていたしな」

「1頭ずれて、ごめんなさい」

「なに、そんなのは誤差だ。6頭の予報でも、選抜メンバーも装備も一緒だからな」

「そう言ってもらえると気が楽です」

「たが、あいつ、本当に完璧予報ができるのか？」

「わかりません」

「予報であいつのことを聞いてみようか」

「えっと、それって、カンニングみたいな感じがするんですけど……」

「それもそうだな。こっちは、こっちで最高の試合をすればいいからな」

第1ステージでは、まったく損害がなかった。剣士3人と魔法使いの連係プレーの効果だ。

「さて、次のステージだ。まずは予報を聞こうか」

「そうですね。質問をよろしくです」

「第2ステージの魔物は何だろうか？」

《ピンポンパンポーン》「灼熱猛牛です。それも、大きめで2頭います」

「灼熱猛牛か！」

「灼熱猛牛って、どんな魔物なんです？」

マセットが解説してくれた。灼熱猛牛は、魔猛牛の一種で火属性を持つタイプ。頭に太い角が生えた牛で、その角が熱した鉄のように真っ赤に光っている。それに突かれると、物理的ダメージの他に火傷を負ってしまう。身体全体が火属性の耐性を持つと同時に魔法耐性もある。

「それでは魔法が効かないですね」

「そうだ。今回はセリルはお休みだな」

「残念ね。水魔法も使えるけど魔法耐性があるからダメね」

「そうそう。予報を報告しておかないと、だな」

銀色の魔石に話しかける。

「第2ステージの魔物は、でかい灼熱猛牛が2頭だ」

それがそのまま放送され、観客席から歓声があがる。

「観客は大喜びだろう。オークと違って灼熱猛牛は強いからな」

「それも大きいのが2頭もです。大丈夫でしょうか？」

「心配するな、ジュート。灼熱猛牛はうちのパーティでも戦ったことがあるから」

「それを聞いて安心しました」

マセット達は準備を始めた。今回は槍が中心の装備になるらしい。魔法使いのセリルに代わって回復士が入る。

「それじゃ、行ってきますね」

「おう。ばっちり、観客にアピールしてこいよ」

☆　☆　☆

「それでは、予報者さん、おふたりに来ていただきました。まずは、おふたりが予報した結果をお伝えしましょう」

僕とイケメン予報者を見てアナウンサーが言う。妙な間を持たせるなぁ。作戦室だけは魔法封印されていて、放送魔法が届かないから、相手がどんな予報を出したのか、すごく気になるんだ。

「おふたりの予報は一緒です。灼熱猛牛が2頭」

「「一緒？」」

つい、イケメン予報者とシンクロしてしまった。

「ただし」

「「ただし？」」

またた。つい、反応が一緒になってしまう。

「黒猫チームの予報は、『でかい』灼熱猛牛です。対して白馬チームは、『270センチと280センチ』の灼熱猛牛です」

なんだ？　そこまで細かく言うのか？

「私の予報は、実際にビジョンが見える予報だから、サイズを計ることができるって言うことさ。今回はサイズも入れて予報してみたのさ。君には無理だろうね」

なんだかなぁ、本当にサイズまで当てられるものなのか？　すっごく疑問。

「それでは、いよいよ、試合が始まります。魔物のゲートが開きました。中から出てきたのは、猛牛です。それも角が真っ赤に輝いています。灼熱猛牛で間違いありません。それもでかいです。サイズはさすがに分かりません。270センチと280センチが正解かは、試合終了までお待ちください」

灼熱猛牛と闘う装備で両チームとも戦闘が始まった。

「おっ、やりました。黒猫チームの戦士が牛の頭を飛び越えて、後頭部に槍をぶち込みました。たまらず猛牛は足を止めます。これは効いています。おっと、倒れた。さらに槍が刺されます。これは、黒猫チームが有利か」

すごいな、マセット。曲芸みたいな闘い方するんだ。だけど、もう1頭の方は戦士が弾き飛ばされた。すかさず回復士がヒールの魔法を掛けたな。

「白馬チームは連係プレイが美しいな。2頭の猛牛にそれぞれ2人づつ向かうのではなく、ひとりが一方の猛牛に対して囮をしながらすぐに別の猛牛の追撃役をする。変幻自在な連携プレイで、もう1頭を倒したぞ」

たしかに。相手チームもすごく闘い慣れているな。

「しかし、黒猫チームはもう2頭の灼熱猛牛を倒しました。3分12秒で闘いを終わらせました」

やった。今度はこっち側の勝ちだ。

「白馬チームも、今、2頭目を倒しました。3分23秒です」

むむむ。あんまり時間差がつかなかったか。

「今回は黒猫チームが先に魔物を倒しました。これで第2ステージ終了です」

大きな歓声があがる。

「しかし、もうひとつの闘いが残っています。白馬チームの倒した灼熱猛牛のサイズがどのくらいなのか。計測班が向かっています。今、計測が始まりました」

「282センチと、269センチです！」

大音量の歓声があがる。

「すごいですね。1、2センチの誤差でサイズを当てました。白馬チームの予報は神業です」

「まぁ、本当の予報はそれくらいできて当たり前なのさ。頭数を1頭間違えるとか、でかい、だけだとか。そんなので当たったと思うような予報者は二流でしょ」

ぐぐぐっ。試合には勝ったけど、予報の正確性では完敗だ。

至極当然という顔をするイケメン予報者。めちゃ、むかつくんだけど。

第43話　ファイナルステージ

「いよいよ、予報試合最後のステージとなりました。クラッキーさん、どちらが勝ちますか？」

「まぁ、順当にいけば、白馬チームだな。タイムではそれほど差はないが、予報の精度が違う。最初から賭けの投票数も白馬チームの方が多いしな」

「しかし、分かりません。仮に予報は白馬チームの精度が高くても、最終的には戦闘能力も関わります。最後の最後まで目が離せませんね。今は作戦タイムです。そろそろ、両チームの予報が出るころではないかと思います」

「最後の魔物は、白銀熊1頭。体長385センチ」

「出ました。白馬チームの予報。白銀熊です。それも、385センチと巨大です」

「すごい予報だな。白銀熊。B級魔物で、それも巨大サイズだから、4人のC級冒険者が力を合わせて初めて倒せるかどうか。面白い一戦になりそうだな」

「どんな装備でくるでしょうか？」

「たぶん、剣を中心にダメージを与える装備でくるだろう。普通の長剣くらいだと、分厚い毛皮にはじかれてしまうぞ」

「魔法はどうでしょう」

「対魔法耐性を持った魔物だ。魔法使いはあまり役立たずだな」

「最後の魔物は、キラービーが10匹だ」

「おっと、黒猫チーム。全く違う予報が出ました。いままでは似たような予報だったんですが、今回は全く違う予報になりました」

「キラービー、だって？　それも10匹。キラービーというのは名前の通り、蜂の魔物。大きさは猫くらいだ。速度が速い魔物で当然飛ぶから戦うのが難しいな」

「だけど、蜂ですよね。数が10匹でも、あの両チームなら余裕ではないんですか？」

「戦闘力自体はそれほど強くはないんだが、怖いのが麻痺。刺されると50パーセント以上の確率で麻痺になる。10匹同時に飛び掛かられたら、危険だ」

「しかし、麻痺なら回復士でなんとかなるんではないですか？」

「残念ながら、キラービーレベルの麻痺を治せる回復士は両チームともいないな。エリア魔法が使える魔法使いの方が価値があるな」

観客はざわざわしている。どっちの予報が当たるのか。それで勝負が決まってしまう。

今までは似たような予報だったので、予報よりも戦闘チームの作戦の違いで差が出ていた。ファイナルステージでやっと、本当の予報試合になったのだ。

「それでは、予報者さん達にお越しいただきました。お互いに相手の予報を知らない訳ですね」

「「はい」」

「それでは、発表します。白馬チームの予報は、白銀熊1頭。体長385センチです」

「そんなバカな！」

つい思ったことを口にしてしまった。

なんで熊になるんだ？　蜂でしょう。

「続いて、黒猫チームの予報です。キラービーが10匹です」

「はははーーっ。面白い予報を出すんだね。もしかして、ヤケクソって奴かな？　なんでファイナルステージが蜂なの？　そんな小物よりでかい熊の方が盛り上がるよね」

「えっと、それはそうなんですが。だけど、予報は蜂なんです」

「そんな精度の予報で冒険者に予報をしていたりするの？　違ったら死が待っているんだよ」

上から目線で言うイケメン予報者。ファイナルステージの魔物を完璧に見てきたという感じだ。

「まぁまぁ、おふたりとも。勝負はファイナルステージが始まってみれば分かりますので」

「ちょっと待った！」

いきなり、乱入してきた人がいる。予報試合の主催者だ。

「ええっ、なんですか？　主催者さんですよね。今は実況中継中なので……」

「もちろん、分かっているがな。ファイナルステージが始まる前に、観客の皆さんに知ってもらいたいことがあるんだ。これにしゃべればスタジアム全体に伝わるんだよな」

「そうです。では、どうぞ」

「今回のファイナルステージは、実はシークレットモンスターという趣向を用意してあります。第2ステージまでは、登場するまで魔物は控えの檻の中で待機していました」

「はい。では、ファイナルステージは違うんですか？」

「違います。今、まさにスタジアムに運びこまれているのが、ファイナルステージの魔物です。今、ステージ中央に向かって進んでいます」

「あ、あれですね。しかし、なんか変な靄がかかっていませんか？」

「はい。あれは、完全隠匿の魔法です。外からは絶対覗くことはできません」

「なんで、そんな面倒くさいことをしたんですか？」

「それは情報漏洩があったり、魔物をスキルや魔法で覗かれる可能性があるからです」

「なるほど。それだと、予報じゃなくなりますね」

「その通り！　予報は未来を観ること。どんな隠匿をしていても、未来にはその姿は明らかになるんです。予報が当たっているかどうかの試合なら、この方法が一番差が出ると企画しました」

ジェイミーの顔が真っ青だ。唇がぶるぶる震えている。

「インチキだ！　じゃあ、元々あったファイナルステージと書いた檻に入っている魔物はなんだ。それぞれの予報を聞いた後、後出しで魔物を替えるなんて、ただのインチキじゃないか！」

観客の中からも、「インチキだ！」という声が多数上がる。きっと、白馬チームに賭けている観客だろう。

「あ、それもそうですね。まずはファイナルステージと書いてある檻を開けてみましょう」

檻が開いて、係員が中に入る。

「見ての通り、あの檻には何も入っていません。あれは、ダミーですから」

「そんなの、インチキだ。八百長をしたんだろう」

ぶるぶる震えて、イケメンが台無しになっている。

「まだ、結果は分からないんですから。あのシークレットモンスターが何なのか。開けてみるまでは。実は主催者の私ですらも、あれが何か知らされていません。今日の朝、捕獲されたばかりのモンスターです。このスタジアムにいる誰一人として、あれが何なのか分かる人はいません。いるとしたら、本物の予報者でしょう」

観客が一斉に、僕に注目した。

出てくるのはキラービーだと信じて余裕の表情を見せる。一方、ジェイミーは蒼い顔だ。

観客は、どちらが本物の予報者だか、分かってしまった。

「結果は最後まで分かりません。時間になりました。ファイナルステージが始まります」

「いやー、緊張するね。白銀熊とキラービーでは装備が全く違うから。予報が当たっているチームが勝つ。つまり、このステージは、シークレットモンスターのゲートが開いた瞬間に決まるだろう」

「さてさて、熊が出るか、蜂が出るか、いよいよゲートが開きます」

観客は誰も言葉を発しない。完全な静寂が訪れる。

「ゲートが開きました。蜂です。大きな蜂が飛び出してきました！」

「なんと！　黒猫チーム、やりました！　予報が大正解です」

ファイナルステージは、それまでの試合と大きな違いが出た。黒猫チームがキラービーを1匹ずつ順調に倒していくのに対して白馬チームはすばしっこいキラービーに翻弄されている。

そして、白馬チームがひとり、また、ひとりとキラービーの針攻撃を受けて麻痺させられていく。

結局、全員麻痺させられた時点でリタイヤして、黒猫チームの勝利となった。

☆　☆　☆

「カンパーイ」

予報試合の日の夜、黒猫亭で、予報試合の祝賀パーティが開かれた。参加した黒猫チームの7名が集まっている。最初に声を上げたのは、セリルだ。

「いやぁ、面白かったわね。イケメン男。最後の最後まで『インチキだ』と騒いで衛兵に連れていかれてしまったわね、マセット」

「あれは当分、まともな生活ができそうもないな。ああいう顔だけの、かっこつけ男は無様な負けを経験すると立ち直るのに苦労するだろうな」

「いい気味なのよ。あの男の予報に騙された冒険者、何人もいるのよ。あの甘いマスクで、『あなたなら、きっと大丈夫』なんていわれて女冒険者が暴走して、大変なことになっているって話よ」

「そういうけどさ。セリルだって、ああいうイケメン、好きなんじゃないの？」

「冗談じゃないわ。私より弱い男なんて。ごめんだわ」

「だけど、最後の最後までドキドキしたな。やっぱり、ちゃんとした予報屋と言えばジュートしかいないいな」

「そうそう。みんなでジュートにお礼を言いましょうよ。ありがとうっ～」

「「「「ありがとう」」」」

《感謝ポイントー03を獲得しました。次のランクアップまで653感謝ポイントです》

うわっ、みんなすごい盛り上がりだから、話を聞いていたらお礼を言われてしまった。

それも、すごい感謝ポイント。本当にみんな、あのフェイク予報屋には困っていたのだろう。

「遅くなって、すまんである」

黒猫亭に走りこんできたのは冒険者ギルド長さんだ。

「早く来たかったのであるが、仕事が終わらなかった。一言、お礼だけ言いに来たのである」

「わざわざ、すいません。忙しいなら別の日でも良かったんですが」

「これでインチキ予報屋に騙される冒険者が減るはず。感謝である」

《感謝ポイント300を獲得しました。次のランクアップまで353感謝ポイントです》

うわっ、すごい感謝ポイントだ。やっぱり、組織の長ともなると、抱えている物が違うな。感謝の重みが違う。

さらにもうひとつ。あれが来たのだった。

第44話　勝ったことより嬉しいことがあった

冒険者ギルド長の感謝の言葉で大量感謝ポイントが入った。

《感謝ポイント300を獲得しました。次のランクアップまで353感謝ポイントです》

それだけではない。あれが来たのだ。

《感謝ポイントの蓄積が400を越えました。プチ言ったら実現が起動します》

キタァー。もしかしたらと思ったけど、やっぱりだ。

《実現したいことを言ってください》

よし。次に言ったことが実現するんだな。プチだから制約があるんだとは思うけど。

《エッチなことでもオッケーです》

だからさ。なんでエッチなことをお勧めするんだろう。今度はそんなことは言わないぞ。

でも、なんと言ったら確実に実現できるのか。

言い方によっては、思ったように実現しないかもしれない。

よし、これでいこう。

「スタミナポーション・ネオで不調になっている人達を助ける薬ができる」

《プチ言ったら実現、「スタミナポーション・ネオで不調になっている人達を助ける薬ができる」を受け付けました》

よし、大丈夫か。

「はい？　いきなり、どうしたであるか？」

「えっ何がです？」

「いきなり、何かを助けるとか言い出したのである」

そうか。言ったら実現のナレーションは僕にしか聞こえていないからなぁ。

いきなり変なことを言い出す痛い人になってしまったかも。

「いろんな方に感謝の言葉をいただいて。あまりに嬉しかったから、僕も何か人助けできることはないかなと考えていたら、声に出てしまって」

「ああ、そういうことであるか」

冒険者ギルド長も納得してくれたか。

とりあえずよかった。

だけど、実際にどうやって実現されるんだろう。全く分からないな。

☆　☆　☆

「駄目だなぁ」

「また失敗じゃな」

錬金術士と大賢者。

何度も、スタミナポーション・ネオの解毒ポーションを作ろうと試しているが、全くうまくいっていない。どうすればできるのか、とっかかりすらみつかっていない。

「そもそも、単純に毒という訳ではないのじゃ。ある意味、能力向上のための反応じゃからな」

「しかし、その反動でまともな判断ができなくなるのは、困ったポーションだ」

「そのうえ、習慣性もあるのが問題じゃ」

何度も同じ話をしている。

なんの情報もないところで新しい解毒効果のあるポーションを作るというのは至難の業だ。考えられる素材の組み合わせは無数にある。

「しかし、なぜ、私と大賢者さんなら解毒ポーションが作れると予報が出たのかな」

「それじゃ。わしも、それがなかったらもっと早くあきらめていたのじゃ」

「ただの予報ミスということかな」

「それはないのじゃ。人を指定してまで、うまくいくという予報を出すというのは、間違いなく高次元が影響を与えた予報じゃからな」

「そうなると、そうだな。いきなりレシピを思いつくとか」

「おっ、それじゃ。おぬしが早く思いつくのじゃ」

「そんなことを言われても……」

錬金術士は、無理と言おうとして、言いよどんだ。

なぜなら、頭の中にレシピが浮かんだのだ。

「魔力草とホタル草」

「ほう、意外とありがちなレシピじゃな」

「そして、裸ウサギのしっぽ」

「おおっ、それは珍しい素材じゃな。錬金素材として認識されていないものじゃろ」

錬金術士さんは何も返事をしない。ぼーっとしている。

「魔力草とホタル草。これは用意した素材の中にあるな。あとは、裸ウサギのしっぽか」

「あれ？　私、今、寝ていましたか」

「大丈夫だ。ちゃんとレシピは分かったからな」

「ええーー、どうやって？」

「おまえさんが、高次元と繋がってレシピを引き出してくれたからな」

「ほ、本当ですか！」

「あとはなんとかなるじゃろ。素材を入手しに行くぞ」

☆　　　☆　　　☆

「錬金術士さん、本当にありがとうございました」

教会の病人たちの部屋でお姫様が嬉しそうにお礼を言う。

「いや。私よりも大賢者さんの手柄だよ。私はただ協力しただけだ」

「その大賢者様はどこにいるんですか？」

「それが、いきなりキラキラした粉を撒いたと思ったら、消えてしまって」

「あいかわらず、お礼を言わせてもらえない方なんですね」

「そういうことらしい」

とにかく、スタミナポーション・ネオの中毒患者は皆、元気を取り戻した。いままで、何もやる気が出なかった人たちが、サボっていた分の仕事をやり終えるんだと、朝早く出て行った。

「解毒ポーションが足りないなら、言ってくれ。すぐにまた作るから」

「はい。今のところは足りています。ほかの所にいる中毒患者も調べてみて、必要量を出してみますね」

「分かった」

それから1週間もしないうちに、全ての中毒患者は元気を取り戻すことになる。

第45話　因果応報ってあるんだな

ここは豪華な造りの執務室。こげ茶色の落ち着いた感じのでかい机があり、小柄だけど、眼付きが鋭い男が座っている。

机の前には、ガタイがいい男と細い男がいる。街の情報屋の親分と、スタジアムの奴隷監督だ。

「君達。どうやって、この不祥事の責任を取るつもりかな？」

「悪いのは、こいつでして。間違った情報を送りやがって」

「そんな。間違いなく奴隷に運ばせた魔物は熊だったんだ」

「なぜ、つまらん言い訳をするのか。最終試合は蜂の魔物だ」

「そんなの知らない。別のとこに魔物檻があるなんて聞いてないし」

「俺はな。試合に出る魔物の情報を送れと言ったんだ。間違ったのはお前」

ドン！　ガシャン！

大きな音がして、机がばっきりとふたつに折れていた。

「どっちが悪いなんてことは聞いてない。どう責任を取るか、だ。決められないのなら仕方ないな。うちのペットのジゴク虎の餌にしてやるとするか。久しぶりの人肉だから喜ぶだろう」

「ま、待って下さい。もう一度チャンスを下さい。予報屋撤退でかぶった損害を必ず取り返してみせますから」

「ほう。損害を取り戻す？　簡単に言ってくれるね。本当にどれだけ損害がでているのか分かって言っているのかな？」

「それは……金貨３００枚くらいじゃないかと」

「ふっ。全く分かっていないようだな。今回の失態がどんな影響を与えているのかを。街の情報屋で扱っている情報の取引額など大したことないんだよ。うちの情報商会の本当の価値は、貴族や大商人と取引する巨額な金が動く情報なんだぞ」

「あ、はい」

「昨日、隣の領主の伯爵様から取引停止を言い渡されてな。金貨にして一年間で何千枚にもなる取引をしている上得意の方だ」

「えっ、あっ」

「これから他にも、そういうことが起きるだろう。損害は金貨1万枚を超えると思うが。どうやって、取り戻してくれるのかな。計画を聞こうじゃないか」

あまりの金額の大きさに奴隷監督は、混乱して何も言えない。

街の情報屋親分にしても、想像の範疇を超える大金に言葉を失っている。

「情報屋というのは信頼が大切だというのは分かるな。お前がやっているような平民相手の情報屋が詐欺まがいのことをしていても別に気にはしない。平民が騙されたと騒いだところで大した影響などないからな。貴族や大商人は、平民のくだらなさをよく知っておいでだ」

街の情報屋親分は大きな身体を小さくして話を聞いている。

「だが、スタジアムは別だ。スタジアムの大きなイベントには平民だけでなく貴族たちも観にくるんだ。特に今回の予報試合は貴族にも人気でな」

小柄な男が、パチンと指を鳴らすと左側の扉が開き、黒地に白い縞模様が入った巨大な虎が3頭入ってくる。ペットのジゴク虎だ。

「うちと取引がある貴族は、お前の予報屋に賭けたんだよ。うちの信用があるからな。絶対勝つと信じてな」

「だ、だけど。賭けは勝ったり負けたりするものじゃないか。それを文句言ってくるのは、貴族の方がおかしいんだろう」

「ただの負けなら、そうだろう。しかし、インチキをして、その上負けてインチキがバレた。それでも文句を言ってくる貴族がおかしいと言えるか？」

「あ、あう」

とうとう、言い訳もネタ切れらしい。

「よし、いいぞ。おいしいごはんだぞ」

「う、うわぁ〜」

ふたりの男はジゴク虎に咥えられて、部屋から出て行った。

第46話　もうひとりの男の顛末

「おい。いつまで待たせるつもりだ？」

「すいません。そろそろ、金貨をたくさん載せた馬車が帰ってくるはずなので」

国境の街のロマーニア商会支部の事務所で俺《アンドレア》はイライラして馬車を待っていた。

今日は大金が手に入る予定の日なのだ。

いままで、商品をサンプルとして大量に配り、新規顧客を作ってきた。金が出るばかりだった。最初は商会の信用で資金を借りることができた。それが限界になったとき、今、ここにいる男から金を借りた。裏の筋につながった金貸しだ。

「絶対儲かる商売なんで。いくらでも借りますよ」

「大勝負ですかい。返せないときは痛い目をみますぜ」

そんな脅しをされてもいた。

だが、そんな心配は今日で終わりだ。これからは毎週、大金が入ってくる予定になっている。なんといっても、あの商品は一度使い始めたら使い続けざるを得ない素晴らしい商品なのだ。

「あ、馬車がついたみたいだ。お待たせしたな。借りた分は利子も含めて全額返済するぞ」

「ほう。それはいいな」

馬車で帰ってきた従業員が事務所に走りこんできた。

「どうだった？」

「それが……。全く売れてないんです」

「なに！　そんなバカな」

「売れないから引き取ってくれと、馬車はあの商品で一杯です。どこに置きましょう」

「では、金はどうなったのか？」

「ゼロです。というより、返金してくれと言われてしまって。どうしましょう」

「どうしましょうって、そんなはずがないだろ」

「さて、アンドレアさん。馬車にお金が満載のはずではなかったのですかい。この落とし前、どうつける気ですかな」

「ま、待ってくれ。あと1週間。1週間あれば、きっとなんとかなるから」

「甘いですね。うちは、そちらのような上品な商売はしていないんで。契約どおり、奴隷落ちということでよろしいですかね」

「ま、待ってくれ。そんなバカな。奴隷落ちなんて」

「大商人って人気ありましてな。貴族の中にも大商人に恨みをもった人がたくさんいましてな。大商人の奴隷というだけで高額で売れるんです。それで借金はチャラ、お互い、最高の結果でしょう」

「そんなこと、許されると思うのか。俺は王都で幅広く商売している大商人の息子だぞ。そんなことが許されると思うのか」

「ええ。この通り。王都の親父さんから許しの手紙をもらっていましてな。それによると、『煮るなり焼くなり、自由にしてくれ』と言うことでしてな」

「そ、そんな」

「まぁ、あきらめましょうよ。奴隷になるというのは悲惨とは限りませんので。商人奴隷として買い取られれば、主人に大儲けをさせることができれば解放されることもあるでしょう」

「そ、そうなのか」

「まぁ、買い手が単に商人に恨みがあるだけの貴族ですと、いたぶられるだけですが」

「おい、待ってくれ。そんな奴に売るなんてしないだろう」

「いえいえ。私は奴隷商人に引き渡すだけですから。後は煮るなり焼くなり奴隷商人の自由ですからな」

「や、やめてくれ」

「連れていけ！」

後ろに控えていた大男ふたりが、両肩をがしっと掴むと俺を持ち上げて事務所から連れ出した。

第47話　錬金術士のアートなアトリエ完成

「できましたね」

「ああ。これもジュートのおかげだ」

「いえ。僕は錬金術士さんの指示に従っただけですから」

「指示通りレンガを積めるというのが重要なんだって」

確かにそれはあるな。

他のレンガ屋さんが積んだところは錬金術士さんが壊して、もう一度僕が積むことになったくらいこだわる人だからね。

できあがった住居兼アトリエは、美しい赤レンガの2階建てだ。屋根はさすがにレンガではなくカワラだから、僕が作った訳じゃない。他にも扉や窓など、いろんな職人が手伝って完成したのだ。

でもなんと言っても、このアトリエの特徴は色ガラスのレンガ壁だ。

左右対称で美しいデザインの色ガラスレンガの壁は近所の人たちからも好評だ。

「こんなの見たことがない」

「お金があったらうちもあんな色ガラスレンガを使いたいものだ」

「あれなら、昼間は綺麗な光が入るんだろうな」

最近は近所の人だけでなく、遠くから見学に来る人もいるらしい。

「大手商会の人が来て、商店にしたいから売ってくれないかと言われてね」

「えっ、なんて答えたんです？」

「もちろん、断ったよ。私のアトリエなんだから、商店にするなんてとんでもないって」

さすが錬金術士さんだ。きっと高い値段を提示されただろうに。

「よくあきらめてくれましたね。その大手商会の方」

「いや、あきらめが悪い人でね。だったら、自分で作ったらどうかって勧めておいたよ。ジュートというレンガ屋ならば、きっとすごい色ガラスレンガのお店を造るだろうって」

「ええーー」

「そのうち、ギルドを通して指名が来るかもしれないな」

「だけど、あの色ガラスレンガは錬金術士さん作ですよね」

「ああ。それは金しだいで作成すると言っておいた」

なんだか、錬金術士さんのおかげでレンガ屋としても有名になってきている気がするな。

もちろん予報士の方がもっと有名になっているけどね。

そんなことを思っていると、門の方から女性が入ってくる。あ、あの女性は……。

「こちらにジュートさんがいらしていると黒猫亭の人に聞きまして」

「あ、ここにいますよ。ジュートさんのファンかな」

「あ、いえ。あの方はファンじゃないですよ」

その女性はクレアさん。これで会うのは3回目だ。今日は大きなつばの白い帽子をかぶっているから、すごく優雅な人に見える。

「私はクレア……。あ、ジュートさん」

「こんにちは。また会いましたね」

「えっと、どんな知り合いになるのかな。この美人さんとは」

「あー、予報の同業者というか、なんというか。月向草の採取成功パーティーで一度会っているはずですが」

「あ、私はもう予報士はやめたの」

「そうなんですか。まぁ、あの予報屋はやめた方がいいと思いますね」

「すると、あのインチキ予報屋で働いていたのかな、クレアさんは」

「はい。あのインチキ予報屋で働いていたわ」

クリアさんと錬金術士さん。見つめ合っているというか、睨みあっているというか。しばらくすると、ふたりとも笑い出した。

「なかなか、芯がある女性のようですね」

「そちらこそ。ほぼ初対面でも、辛辣なこと言う芯をお持ちのようだわ」

なんかこのふたり、気が合いそうだな。どっちも、相手に合わせない性格みたいだし。僕みたいに、ちょっと相手が嫌な顔をすると気にしてしまう性格と違うな。

「それでは美しい女性に私の美しいアトリエを見てもらおうかな」

錬金術士さん。両手の手振りでアトリエ、特に色ガラスレンガのあたりに目がいくようにした。

「あ、綺麗。素敵ね」

「そうだろう。そうだろう」

うん、仲良くなったらしい。よかったよかった。

「それで、ジュートになにか用なのか？」

「あ、忘れてたわ。まずはインチキ予報屋を辞めたって報告をしようと思って」

「そうなんですね。もしかして、僕が試合で負かしてしまったのが原因ですか？」

「ううん。試合になる前に辞めたの。私の予報にあのイケメン予報士がケチをつけてきて」

「ケチですか？」

「そう。『もっと、相手が喜ぶことを言わなきゃ駄目さ』ってね。予報ってそういうものじゃないってケンカしちゃったの」

さっきの錬金術士さんとの睨みあいもそうだけど、気が強い人なんだね。

「まぁ、あのイケメン予報士は駄目ですね」

「それで、今は失業中ってことなの」

「そうだったんですね」

「だけど、そうなるとジュートさんの予報が気になってしまって」

「僕の予報？」

「ほら。私がインチキ予報屋に就職するとき、予報してもらったじゃない」

「あ。そうでした」

「結果は、運命の輪が回りだすって」

「たしか、そんなことを予報したような」

「運命の輪が回りだすってどういうことだったのか、考えていたらジュートさんのことが頭から離れなくなってしまって」

「ええー」

「私をジュートさんの予報屋で雇って欲しいの。もちろん、予報士としてじゃなくてもいいわ」

「ほう。それはいいかもしれないな」

「錬金術士さん！　僕にクレアさんを雇うなんて無理ですよ」

「そうでもないと思うぞ。そうだ。黒猫亭の片隅で予報するのではなく、ちゃんと予報屋の店を出したらどうだ？」

「それ、いいわ」

「そのときは、色ガラスレンガを私が作ってあげよう。積むのはジュートだがな」

「綺麗な予報屋さんになるわ。素敵！」

「だろう？　きっと繁盛するに決まっているぞ」

「それなら、お手伝いする人も必要よね」

「よし！　ジュート、予報だ」

「な、なんですか？」

「クレアさんを雇って、色ガラスレンガのお店で予報すると、大人気店になるか？」

《ピンポンパンポーン》「大人気店になるでしょう」

「ほら、うまくいくってよ。クレアさんの運命の輪もぐるぐる回るだろうし、いいことずくめじゃないか」

「そんなぁ。話を勝手に進めないでくださいよ。僕の頭ではついていけません」

「すぐに雇って欲しいというんじゃないの。蓄えもちょっとはあるし。ちょっとだけ予報士をやってみて、予報の仕事に関わるのが楽しいって感じていたの。もちろん、ちゃんとした予報ができるところでね」

まだ、店を持つという話がリアルに感じられない。

だけど、いつかにそんなお店ができたらいいなと思う。

そのときは、クレアさんがいて、ミリーちゃんもいる。

お客さんがたくさん来て、みんなに感謝される予報屋。

そんな店ができたらいいなと思っていた。

無自覚な新米大家さんは
週2ペースで世界を救う

最強等級「終止符級」の実力の持ち主ながら、等級試験で最底辺の「空白級」に認定されたことで自らの強さを知らぬままボロアパート「イナリ荘」大家の仕事を引き継ぐことになった主人公・オルゴ。しかし、実はイナリ荘は世界を滅亡させるほどのモンスターが無限リポップする〝ラスボス手前の超危険地帯〟だった‼　まるで蛾でも殺すかのようにラスボス級モンスターを退治するオルゴ。そう、これは自らの強さに無自覚な最強大家さんが可愛い住人たちとのスローライフを楽しみながら世界を滅亡の危機から救う物語である。

UG018
ラスボス手前のイナリ荘
~最強大家さん付いて〼~

著：猿渡かざみ　イラスト：カット
本体 1200 円＋税　ISBN 978-4-8155-6017-1

当たる確率はだいたい 70%!?
スキル【予報】は意外と役に立つ？

自らの家族を殺したゴブリンに復讐するため、実力を隠し、最弱の職業である「商人」として冒険者パーティーに所属していたレオナールだったが、幼なじみのリリスを含むパーティーメンバーにハメられ国外追放されてしまう。
エルフのユキリスに命を助けられ、ダンジョンマスターとなったレオナールは自らが魔王の血を引くことを知り、解放されたその力と商人としての経営の知識をフル活用して、自分を貶めたパーティーメンバーと国への復讐を開始するのだった。

UG022

実力隠した最弱商人の成り上がり

～《パーティを追放されたので、ダンジョンマスターとして経営の知識を悪用し、復讐することを決めました》～

著：上下左右　イラスト：冬ゆき

本体 1200 円＋税　ISBN 978-4-8155-6021-8

UG novels UG022

外れスキル『予報』が進化して『言ったら実現』になる件☆
レンガ・レンガ・レンガ！でスローライフしてます

2019年12月15日　第一刷発行

著　者　天野優志
イラスト　lxy
発行人　東 由士
発　行　株式会社英和出版社
〒110-0015　東京都台東区東上野3-15-12 野本ビル6F
編集部:03-3833-8780
発　売　株式会社三交社
〒110-0016
東京都台東区台東4-20-9　大仙柴田ビル2F
TEL：03-5826-4424／FAX：03-5826-4425
http://www.sanko-sha.com/　http://ugnovels.jp
印　刷　中央精版印刷株式会社
装　丁　金澤浩二（cmD）
D T P　荒好見（cmD）

ISBN 978-4-8155-6022-5　

天野優志先生・lxy先生へのファンレターはこちらへ

あて先
〒110-0015
東京都台東区東上野3-15-12
野本ビル6F
（株）英和出版社
UGnovels編集部

本書は小説投稿サイト『小説家になろう』（https://syosetu.com/）に投稿された作品を大幅に加筆・修正の上、書籍化したものです。

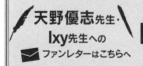